厨病激發
ちゅう びょう げき はつ
BOY
chubyou gekihatsu-boy
2
原案：れるりり (Kitty creators)
作者：藤並みなと
繪者：穗嶋 (Kitty creators)
LN002
日月書版

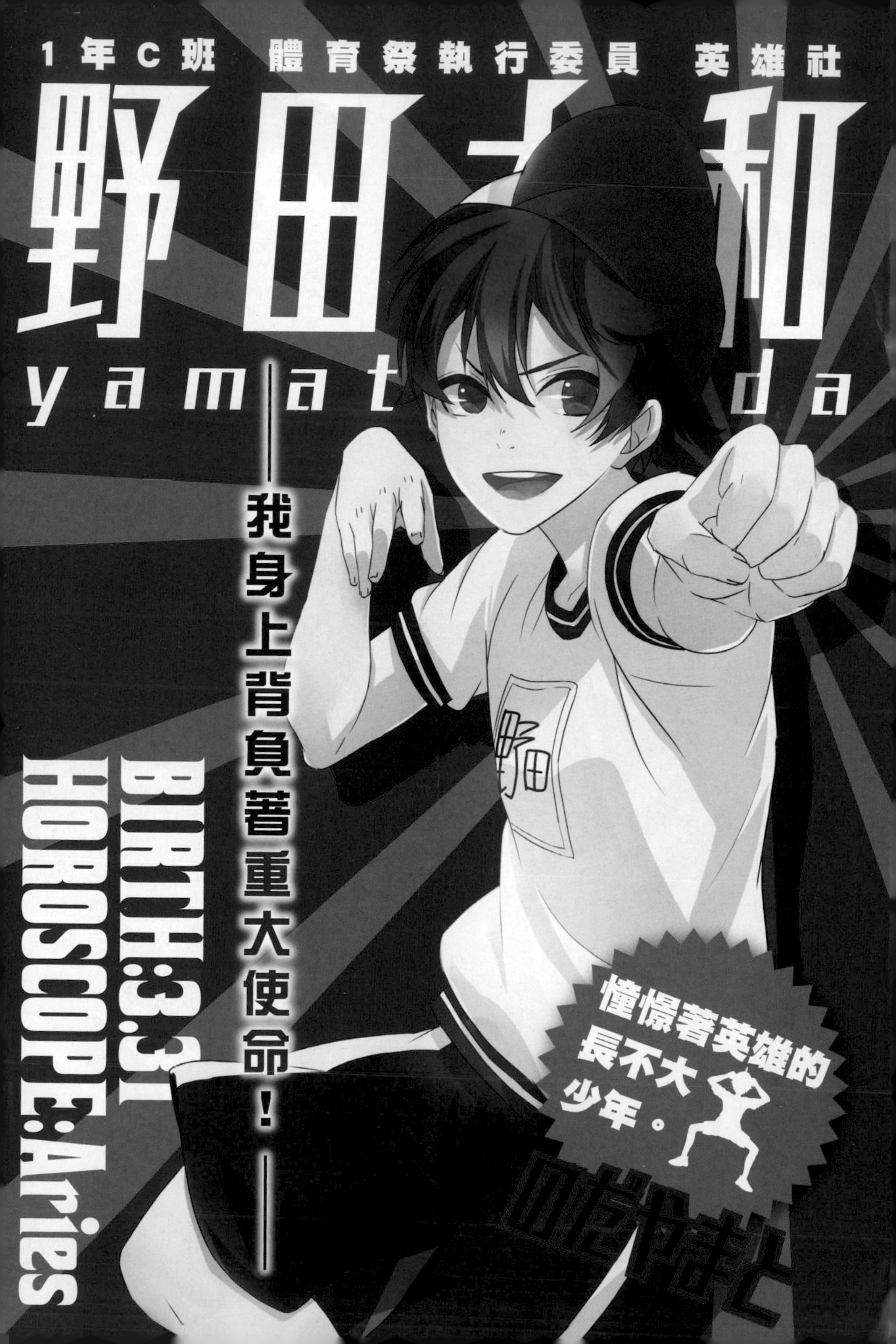
1年C班 體育祭執行委員 英雄社
野田大和
yamat da
——我身上背負著重大使命！——
BIRTH:3.31
HOROSCOPE:Aries
憧憬著英雄的
長不大
少年。

只愛二次元的殘念系帥哥。
Takashima
tomok
BIRTH:4.5
HOROSCOPE:Aries
1年C班
廣播委員
漫畫研究社
高嶋智樹
三次元的女人不過是
二次元的劣化版而已

中村
和博
なかむらかずひろ
as 龍翔院凍牙(りゅうしょういんとうが)
1年A班
圖書委員
管樂社
右手寄宿著暗黑神(?)的孤高秀才。
BIRTH: 11.11
HOROSCOPE: Scorpio
kazuhiro nakamura
右手……開始痛起來了……

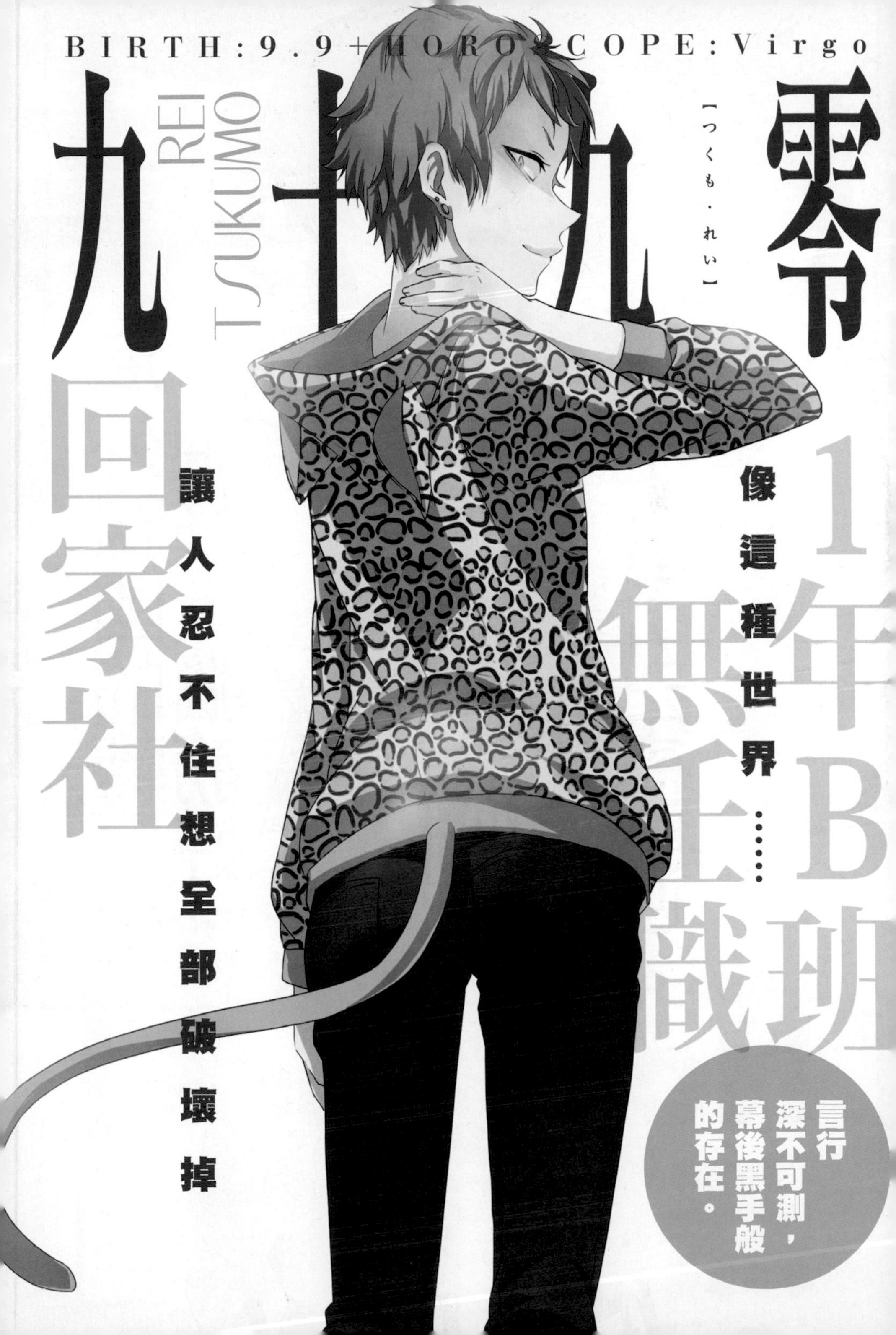
BIRTH:9.9+HOROSCOPE:Virgo
九十九零
【つくも・れい】
REI TSUKUMO
1年B班
無任職
回家社
像這種世界……
讓人忍不住想全部破壞掉
言行深不可測，幕後黑手般的存在。

1年C班
廚
葉
［みくりやふたば］
BIRTH:??
HOROSCOPE:??
海外歸國的轉學生。
長相好，腦筋好，
大受女生歡迎。
「Nonsense!
無聊透頂」

Hijiri Mizuki
BIRTH:1.10
HOROSCOPE:CAPRICORN
1年C班
美化委員
園藝社
聖瑞姫
ひじり・みずき
只想過著平穩生活的高中少女。
不知為何變成了中二病少年們的同伴。
太殘念了……！

Contents

目錄

三日月書版

三日月書版

第一章
超級現充和假扮男友

九月一日早晨。我，聖瑞姬，才剛穿過睽違已久的皆神高中校門口，就看見一個頭戴紅白帽的身影迅速縮進一排排並列的鞋櫃陰影處。

雖然覺得奇怪，但我還是換上了室內鞋，往校舍前進。

我悄悄往後瞄了一眼，這次看見一個金髮男生驚慌失措地躲到柱子後面。

穿過走廊，走上樓梯的這段期間，背後也一直傳來不自然的腳步聲，以及窸窸窣窣的竊竊私語聲。

在二樓走廊走了幾步，我終於嘆了口氣，轉過身去。

「你們從剛剛開始就在做什麼？野田同學、高嶋同學。」

過了一秒，轉角處後方走出兩個男生的身影。

「想不到這麼快就被識破了……看來粉紅戰士的異能應該是感應敵人或陷阱的感應系吧！」

身穿體操服的小個子男生野田大和朝我走來。即使是在這張可愛的臉蛋上，那對閃閃發亮的大眼睛也依然讓人印象深刻。

這位同班同學因為過度憧憬特攝英雄而深信自己就是戰隊當中的紅戰士，而且不知為何叫我「粉紅戰士」還死纏著我不放，讓人傷透腦筋。

「能力名稱就叫做『聖眼』怎麼樣？」

「才不要，而且我根本沒有什麼『能力』好嗎。」

這句話其實有點欺騙成分在，不過我仍淡淡地接著說道。

「所以說，你們到底在做什麼？」

「這是監視和跟蹤的相關訓練，為了防患於未然！」

野田同學挺起了胸膛。看來就算暑假已過，他的中二病也依然發作中。

「我倒是沒什麼幹勁啦～像這樣偷偷摸摸的行動，會害新學期的固定事件『和美少女轉學生在轉角處相撞跌倒↓意外接吻☆』的發生率降低耶。」

這個一邊聳肩一邊把二次元和現實世界攪和在一起的男生叫做高嶋智樹，是野田同學自幼稚園以來的玩伴，兩人總是形影不離。

一頭金髮又夾了滿頭的髮夾，看起來相當標新立異，不過修長的身形、光滑的皮膚和端正到令人驚豔的五官……是個只看長相堪稱完美的殘念型帥哥。

至於是哪裡令人遺憾——

「不過呢，三次元美少女其實也算不了什麼——小空良，今天放學後要去哪裡約會？嗯，站前新開的可麗餅店？那邊的東西看起來很好吃，我們點不一樣的然後一人一半……？哎呀，真拿妳沒辦法，小空良真是個貪吃鬼」

他其實是個重度御宅族。看到高嶋同學對著手機待機畫面上的美少女圖片含情脈脈地講話，不管再怎麼想……大概都沒救了。

我一如往常地被這兩人鬧得全身虛脫，只想趕緊走進教室。正要邁開步伐時，野田同學喊出一聲「等等，粉紅戰士！」叫住了我。

「其實我一直在等妳來，收下這個吧。」

他邊說邊氣勢洶洶地遞給我一張紙。

這是……社團的入社申請書？而且社團名稱那一欄已經用黑色麥克筆大大寫上了「英雄社」三個字。

「英雄社是什麼東西？」

「就是以成為英雄為目標，進行像英雄一樣的活動的社團。」

嗯，意義不明呢。

「有這種社團？」

「接下來正要成立！」

看著野田同學用力握緊拳頭的樣子，我點頭說了聲原來如此，然後繼續快步前進。

「那你好好加油，我先走了。」

「粉紅戰士，妳忘了入社申請書！」

「因為我不要。再說我已經加入園藝社了。」

「別擔心，智樹也同時參加了兩個社團。」

「等等，大和，我可沒說我也要參加啊。」

野田同學先看了看置身事外的我，然後看向認真吐槽的高嶋同學，滿臉錯愕地瞪大眼睛，口中喃喃低語。

「怎麼這樣……為什麼！黃戰士，粉紅戰士……我們不是同伴嗎?!」

「我不是。」

趁野田同學纏著他的童年玩時，我走進了1年C班的教室。

和班上同學們道過「早安」，渡瀨菜菜子隨即一甩她那蓬鬆飄逸的長髮，露出治癒力爆表的可愛微笑回答「早安，瑞姬」。

其他女同學們雖然也有回答「早安」，但態度還是很生硬……看來就算進入新學期，被疏遠的感覺依舊沒變。真哀傷。

才剛落坐沒多久，上課鈴聲便響了起來，班導走進教室。

依照班長的口令打過招呼後，這位三十多歲的男老師一邊將視線移到教室內唯一的空座位，一邊開口。

「相信應該有人已經知道，脇屋因為父母工作的關係，在暑假期間轉學了。」

班上大概有一半貌似不知道相關消息的同學們開始喧鬧起來。

原來是這樣啊～脇屋同學，雖然幾乎沒有和你說過話，不過希望你在新天地也能過得安好。

「不過有離別就會有新邂逅，所以呢……」

老師掃視了全班同學一眼，露出笑容接著說道。

「現在來介紹轉學生。」

竟然！雖然由我來說有點怪，不過這間學校的學生出入還真是頻繁。

配合老師這句話，教室門應聲開啟，一個背著吉他盒的高個子男生走了進來。

橄欖綠的柔順髮絲，還有不像日本人的秀麗五官。

白皙的皮膚充滿透明感，不過眼神相當銳利，所以看起來沒有孱弱的感覺。

身上隨意披了一件長罩衫，修長的身高搭配恰到好處的肌肉，身材簡直就像模特兒一樣賞心悅目。鎖骨在敞開的上衣領口之下清晰可見，總覺得莫名有點性感。

真令人驚訝……這美形的程度幾乎跟高嶋同學不分上下，而且還有點狂野的氣息？

四周紛紛傳來了女同學們的耳語和感嘆，然而轉學生卻露出彷彿有點生氣的僵硬表情，對著同學冷漠地說出自己的名字。

「——我是廚二葉，兩天前剛從ＬＡ回國。」

略帶沙啞的低沉美聲，讓人有點小鹿亂撞。

ＬＡ的話，表示他是歸國子女？我才剛這麼想，老師便開口解釋。

「廚同學因為父親工作的關係，從國一夏天開始就在美國生活。出身地是東京，文化衝擊應該不會太大，不過離開日本也有三年之久了，有些地方應該還是會覺得困惑，大家要好好教他關於學校生活的事情喔。」

今天的第一堂課是體育，男生打棒球，女生則是網球。

廚二葉

「上吧！看我的……消失的魔球！」

投手丘上的野田同學一邊如此放聲大喊一邊把球投出，接二連三地三振打者。

真不愧是運動全能，班上大概沒有人能跟他匹敵……雖然球沒有消失就是了。

「啊，下一個是廚同學！」

女生充滿欣喜的聲音響了起來，其他同學的目光自然而然地集中在轉學生身上。

「——我一直在想，有機會一定要跟你正面對決看看。」

野田同學露出狂妄的笑容，握著棒球的手筆直朝著對方伸去。雖然講得像是你們命中注定一戰，但今天明明是第一次見面吧！

另一方面，廚同學則是一貫沉默地舉著球棒，以銳利的眼神看向野田同學。

幾秒之後，野田同學倒抽了一口氣。

「你說『真巧，我也是』……？這傢伙，直接在我的腦內——！」

「我沒說話。你動作快一點。」

一臉不耐的廚同學斷然否認。

野田同學絲毫不為所動，只見他點了點頭，口中喊著「哈啊啊啊……」同時全神貫注地舉起手套，隨後猛然睜開眼睛，一腳往上高高踢起約一百八十度，做出某熱血運動動畫般的投球姿勢，氣勢十足地投出球。

鏘！緊接而來的清脆聲響，球應聲飛向遠方。打擊出去！

廚同學扔下球棒，往一壘方向衝刺。速度好快！

等到外野手把球傳回來時，廚同學已經站上了二壘。

看到這記漂亮的二壘安打，同學們哇地一聲大聲喝采。

「慘了慘了，廚同學怎麼會帥成這樣！」

非常適合綁馬尾的下川美咲同學，從我正後方發出興奮的尖叫聲。

她有一雙充滿魅力的深邃大眼睛，個性開朗又可愛，不過據說一年級的第一學期就已經和三個男生交往然後分手……同樣的情況一直反反覆覆，是個戀愛史豐富的少女。

「大家都說我們學校的轉學考比入學考還難，所以他的成績肯定也很好吧？

還有還有！其實今天早上遇到校長的時候我問了一下，聽說廚同學是那間『J卡拉OK』集團總裁的兒子喔！」

跟校長都有來往？下川同學的人脈竟然這麼廣……等等，這好像不是重點所在。

聽到下川同學分享的情報，女同學們全部發出「咦咦！」的驚嘆聲。

J卡拉OK是連鎖店遍布全國的老牌卡拉OK店，集團還有經營保齡球場、遊樂中心和網咖等各式各樣的娛樂產業，近年甚至還有插足旅館經營，相當有名。

「……也就是說，廚同學是超級有錢人？」

「等級未免太高了吧！」

女孩子們興奮地滿臉潮紅，對廚同學投以熱情的眼神。

長相好、頭腦好、運動神經也好，還是個有錢人。嗯，規格的確亂高一把的，高到讓人想笑。

原來世界上真的有這種人啊……

「廚同學，剛剛那支安打真是太帥了，以前打過棒球嗎？」

「……也沒有。」

「先前看你帶著吉他盒，你有在玩音樂嗎？好想聽廚同學演奏喔。」

「我不是為了炫耀才練的。」

「在美國生活會不會很難習慣啊？全部都用英文對吧？」

「祖母原本就是美國人，一直都是接受雙語教育，所以language方面沒什麼困難。」

「咦？也就是說廚同學是四分之一混血？好帥……！」

轉眼之間，廚同學便成了班上女同學眼中的當紅炸子雞。

每次下課他都被女生團團包圍，其盛況空前，甚至連別班都有人跑來看熱鬧。

至於引發騷動的當事人，對自己炙手可熱的狀況沒有表現出絲毫害羞或興奮，反而有點冷漠，但這樣還是被認為他又酷又帥，評價繼續水漲船高。

午休時間也是，女生們以包圍之勢在廚同學的座位周圍吃著自己的便當，頗有後宮的感覺。

「那邊真是厲害啊，不過要是我拿出真正的實力，肯定不會只有那點規模。畢竟這個暑假，我可是在『萌丘☆高中』達成了同時腳踏十五條船的豐功偉業呢！」

高嶋同學一邊看著廚後宮，一邊洋洋得意地說著自己在戀愛模擬遊戲裡的戰績……只看長相的話確實是不分上下啦，不過在你開口的那一瞬間，比賽就會提前結束了喔？

在我對高嶋同學露出無奈神情時，坐在我面前吃麵包的野田同學站了起來。

「我吃飽了，東西很好吃。」

他心滿意足似地低聲說完，拿起一張紙條，毫不遲疑地朝著廚同學的方向大步走去。

「大和？」

「野田同學？」

呃，那張紙條不就是……

「廚，不對，綠戰士，讓我們一起在英雄社揮灑正義的汗水吧！」

野田同學清亮的聲音在整間教室裡迴盪，現場所有人的視線都集中在他、以及他交付入社申請書的對象——廚同學身上。

「……英雄社？」

廚同學狐疑地皺起眉，而野田同學則是用力應了一聲「沒錯！」。

「鋤強扶弱，帶來愛與勇氣與正義的集團。村子東邊若有人遭困，則前往全力協助；村子西邊若有幼兒哭泣，則前往安慰鼓舞……」

宮澤賢治的《不畏風雨》？

「從身邊瑣事到國家規模的陰謀，不論任何事件都能毫不膽怯地正面迎戰，守護學園的和平！這就是！只有少數人才知道的正義伙伴，皆神高中英雄社！」

轟隆！夾帶著應該要有巨大音效陪襯的氣勢，野田同學張開雙手大聲宣告。

……整間教室靜了下來，過了一會，才聽到有人重重嘖了一聲。

「Nonsense！無聊透頂！」

廚同學相當不屑地瞪著野田同學，丟下這麼一句話之後猛然別開視線。

「也太蠢了吧。」

以這句話為首，周圍的女生開始異口同聲地鬧了起來。

「就是說啊，野田，你到底在想什麼?!」

「廚同學怎麼可能加入那種社團啊！」

「我們聊得正開心，你不要過來打擾啦！」

受到所有砲火圍攻的野田同學似乎還想跟廚同學說些什麼，可是在女生們劍拔弩張的氣勢阻撓下，只能一臉落寞地回到我們這邊。

「女生真可怕……」

親眼見識到那群女生用惡鬼般的樣貌趕走野田同學之後瞬間換上天使般的微笑，對著廚同學發出嬌滴滴的聲音，完全拿現實女生沒輒的高嶋同學整張臉都白了。

「果然女人還是要找二次元才行。不過話說回來，大和你在想什麼啊？」

「對啊，誰不去找，偏偏要找那種超級現充……」

野田同學發現我們質疑他的用意，聳了聳肩回答。

「沒什麼，我可不覺得自己做了什麼奇怪的事，因為那傢伙肯定是同伴啊。」

…………啥？

「「哪裡是了？」」

「這是英雄的直覺！」

看著我們一臉懷疑的模樣，野田同學挺起胸膛大聲斷言。

竟然是直覺！

不過，記得野田同學考上這間學校也是靠他的直覺吧？而且他第一眼看到我就說我是同伴，原本覺得是因為眼帶和我中二感十足的姓名，但也不能排除他以本能察覺我擁有『異能』的可能性。

「高嶋同學，你怎麼想？」

「大和的野生直覺可不能小看。不過這次實在是……」

我壓低了聲音偷偷和高嶋同學討論，他也是一副難以置信的樣子。

算了，也只能好好注意廚同學今後的動向了。如果真的是這樣，大概會讓人深受打擊吧……

「不過這可真是傷腦筋，要有六個社員，學校才會認可我們進行社團活動。除了我和智樹之外，還要四個……」

「就說了，我還沒說我要加入啊。」

高嶋同學馬上開口吐槽一旁叉手皺眉的野田同學。

野田同學思索了一下，豎起食指道。

「下次我幫你搶『AI Live！』的演唱會門票怎麼樣？」

「ＯＫ，下一場是聖誕節演唱會，售票日馬上就要到了。」

這樣就加入了嗎？高嶋同學你也太好說話了！

「接下來……啊，黑戰士，你來得正好！」

一個身穿黑色高領制服、戴著眼鏡、五官端正的黑髮男生正好經過一年C班的走廊。他在野田同學的呼喚下停下腳步，抬頭看向窗外的天空，低聲說道。

「有人在叫我……是每次都在夢中相遇的妳嗎？」

「黑戰士，這裡這裡！」

「……原來是你，野田大和。我的名字不是黑戰士，是龍翔院凍牙。」

不，你應該叫中村和博吧。

看著這個男生將視線轉向朝著自己跑來的野田同學，一邊嗤之以鼻一邊伸手推了推鼻梁上的眼鏡，我忍不住在心中猛烈吐槽。

中村同學的成績是全學年第一，但他堅持自己的「真名」叫做龍翔院凍牙，自稱是天使與惡魔的混血兒轉生等等，做了許多人物設定而且徹底浸淫其中，是中二病男孩當中症狀最嚴重，也最讓人頭痛的人。

野田同學說明了英雄社的事並開口邀請，但中村同學馬上毫不留情地回答「我拒絕」。

「第一學期的確跟你們來往甚密，但我不打算和任何人結黨。身為蒼茫時空的漂流者，我所愛的是孤獨與哲學……龍翔院凍牙是孤高的黑騎士啊。」

「可是黑戰士，當初我遇見你的時候，確實有命中注定的感覺！」

野田同學緊抓著中村同學的雙手這麼說。聞言，中村同學隱藏在鏡片後方的雙眼彷彿萬分震驚似地睜大許多。

「你說……命中注定……？」

「沒錯，長久以來始終孤身一人的你，卻在這個星球的這個時代中和我們相遇，這不也是前世的宿命嗎?!」

「…………！」

「而且一個組織肯定需要頭腦的嘛。」

高嶋同學從旁助攻，野田同學也立刻順勢回答「就是這樣！」。

「對英雄社來說，你的頭腦……龍翔院凍牙難以估算的潛在能力是不可或缺的！拜託了，黑戰士，非你不可啊，請把你的力量借給我們吧！」

看著野田同學用蘊藏著熱情的真摯眼神認真懇求，中村同學沉默了好一會兒，但最後還是哼了一聲，露出自嘲的微笑。

「真是的……明知道這樣濫情，最後分開時會很痛苦啊。看來我也是個爛好人。」

「你願意加入嗎?!」

「啊啊……只到下個世界線的門扉開啟為止。」

中村同學也很好說話呢。

「這樣就有三個人了。粉紅戰士……」

「我不要。」

我轉頭避開野田同學充滿期待的目光，表示拒絕之意。

「感覺你們又要開始做蠢事啦？」

聽到這個裝模作樣的口吻，我回頭看去，發現一個頂著刺眼紅髮的男生把手靠在走廊與教室之間的窗框上，瞇著一雙宛如爬蟲類的眼睛微微淺笑。

九十九零，總是穿著風格強烈的七彩服裝，以嘲諷的態度看待所有事情，並故意做出一些看似意味深長的發言，同樣是個中二到讓人頭大的男生。

九十九同學打了個大呵欠，聳了聳肩表示「啊啊，抱歉抱歉」。

「因為昨天只睡了兩小時啊，前天也幾乎整晚沒睡……」

他看起來莫名有點得意。

該不會是覺得我熬夜我超強——之類的吧？

「作業沒寫完嗎？我也是喔。」

野田同學（看起來也一臉得意）朝著他豎起大拇指，九十九同學馬上皺著臉回答「別把我跟你相提並論」。

「——我是在玩『野獸獵人X』啦。」

「那是今天發售的新遊戲吧！店家偷跑了嗎？」

一聽到高嶋同學追問，九十九同學裝出若無其事的樣子點點頭，但身上還是瀰漫著藏不住的優越感。

「老實說啦，其實我不喜歡那種討好一般大眾的遊戲。感覺一眼就能看破製作團隊的目的就是想讓所有人都接受，讓人沒了興致。故事沒有深度，整個遊戲又為了配合休閒玩家的水準，容易陷入一成不變的單調作業，還外加很吃運氣。不過要是選用比較冷門的遠程職業配合鎖鐮武器，感覺倒是意外地有深度。我知道自己這種玩法屬於異端，沒辦法推薦給外行人——」

「紫戰士！你也一起加入英雄社吧！」

野田同學毫不留情地打斷了九十九同學綿綿不絕的遊戲感想。

只見九十九同學用鼻子哼了一聲，聳聳肩膀。

「英雄社？我才不要呢。」

「是嗎，真可惜。」

「這麼乾脆就放棄了?!」

看到野田同學掉頭就走，九十九同學的臉色瞬間就白了。

「不、不像邀請別人那樣稍微堅持一下嗎？」

「我堅持的話，你就會加入嗎？」

「怎麼可能會呢！為什麼本大爺非得加入那種讓人尷尬的社團？要丟人現眼也該有個分寸。」

唔——好麻煩的人啊。

「你又沒有朋友，光是收到邀請就該謝天謝地了吧。」

「啊?!吵、吵死了！我只是覺得要配合那些不懂我偉大品味的愚昧民眾實在太累人而已！」

聽到一臉嫌棄的高嶋同學插嘴這麼說，九十九同學的臉倏地紅了起來。

「我絕對不會加入的！你們就去找那些亂七八糟的人一起玩好朋友遊戲吧，笨——蛋！」

九十九同學惱羞成怒似地放狠話。

見狀，我忍不住在心中暗嘆「哇啊……」。

就在這時。

「——吵死人了，不要用那種 ncisy 的 voice 大呼小叫，你這章魚。」

才剛聽到一陣沙啞的低沉嗓音，隨即有人狠狠地踢了九十九同學的屁股。

「好痛！」

咦……廚同學?!怎麼這麼突然？

我們被眼前這一幕嚇得目瞪口呆，而九十九同學則是朝著廚同學狠狠瞪了一眼，大聲喊了起來。

「你在幹什麼啦，二葉！」

一葉？

「三年沒見，看來你只有惱人的程度越來越厲害了啊，零。」

零？

「你們兩個認識嗎？」

野田同學這麼一問，九十九同學惡狠狠地回答「是表兄弟啦」。

「這傢伙從以前就喜歡找我麻煩，討厭得要死……你離開日本之後我樂得清閒，為什麼又回來了？而且還跟我進同一所高中，有沒有搞錯？」

「不知天高地厚、三不五時就來挑起 fight 的人明明是你吧。我是在確定入學後才知道零也在這裡，不然我肯定會排除萬難 select 去 anther school。」

喔，原來是表兄弟……不過感情好像很差。

在兩人顯而易見的惡劣氣氛中，野田同學喊了一聲「對了！」整張臉亮了起來。

「原來你們有這層關係！那你們就一起加入英雄社——」

「「為什麼會做出這種結論！」」

九十九同學和廚同學的聲音完美重疊在一起。兩人先是震驚地對望一眼，隨後各自撇過頭去。

新學期開學後一星期。

「為什麼……為什麼召集不了同伴……」

下課時間，坐在教室座位上的野田同學苦惱不已。

他在校內到處張貼「加入吧！英雄社」的海報，跑遍全校挖角所有遇到的人，但成果似乎依舊為零。

「算了吧，你四月時也一樣找過同伴，還不是沒找到半個？啊啊……小空良今天也是天使。」

高嶋同學一邊滑手機一邊做出回應。

「都已經這個時候了，為什麼又開始找人？」

「我以為新學期應該就找得到了。」

這是什麼飛躍性理論。

「果然亂槍打鳥是行不通的嗎……」

低聲說完後，野田同學開始緊盯著我看。

「我可不會加入喔！」

我搶在他開口之前先加以牽制，然後迅速起身，快步離開教室。

因為今天園藝社輪到我幫花壇澆水。

花壇上開滿了大波斯菊。幸好今天野田同學他們沒有跟過來。

我用澆花器在淡淡粉紅色的纖細花朵上撒水，享受平靜的時光。這時，轉角另一側忽然傳來熟悉的聲音。

「……我已經說了，現在對這種事情沒什麼興趣……」

「實際交往之後就會改變的。再說了，妳到底對我哪裡不滿？」

聽起來像是一男一女正在爭吵的聲音。可是女方這邊……

「菜菜子？」

感覺狀況不太對，於是我毫不遲疑地轉進那個轉角。不出所料，一個外表稍嫌浮誇的男學生正緊緊抓著同班同學菜菜子的手腕。

「瑞姬。」

菜菜子一看到我，馬上露出明顯鬆了一口氣的表情。另一方面，那個看起來像是學長的男學生則是不悅地皺起了臉，放開菜菜子的手。

「近期內再讓我聽聽妳的答覆吧。」

男學生拍了菜菜子的肩膀，往另一個方向離開。

等到他的身影徹底消失，菜菜子立刻唉了一聲，嘆出一口大大的氣。

然後對我露出虛弱的微笑。

「謝謝妳，瑞姬，多虧妳來我才能得救。」

「別在意。到底發生什麼事了？」

「…………」

「如果菜菜子不想說，我就不多問。可是如果妳有什麼困擾，我真的很希望能幫上忙。」

菜菜子看起來還有些猶豫，但是當我發自內心對她這麼說後，她才低垂著眼說了起來。

「其實……那個人是關谷學長，不久前他向我告白，希望我跟他交往。雖然對不起他，但我真的摸不著半點頭緒，所以就拒絕了。只是不管我告訴他多少次，他都一直說『反正妳又沒有男朋友』、『試著交往看看就好』的話來死纏爛打……」

原來如此，美少女也是很辛苦的。

可是剛剛那位學長的樣子看起來不像是告白，反而更像是威脅。

還說什麼「近期內再讓我聽聽妳的答覆」，菜菜子都已經清楚表現出不願意了，竟然還要繼續糾纏，真是讓人困擾。

「該怎麼做才能讓他放棄呢……」

菜菜子沮喪地垂下肩膀，看來是真的困擾到極點了。

「嗯——既然他說『反正妳又沒有男朋友』，那就告訴他『其實我有男朋友！』之類的？」

「啊……可是我真的沒有男朋友啊。」

「所以說，只要找人來假扮成男友就好啦。當妳真的有交往對象的時候，不管關谷學長再怎麼賴皮應該也會退讓吧？」

聽完我的提議，菜菜子眨了眨她的大眼睛，點頭表示「的確沒錯」。

「如果說出男朋友的名字就能讓他知難而退最好，但他看起來很難纏，可能會要求和對方見面。最好能事先拜託認識的男生擔任男朋友角色，這樣之後才可以介紹給他。」

「原來如此……瑞姬，妳好厲害喔，這個主意真不錯！」

「沒有啦，這方法其實滿老套的……」

「不不，是我就想不到啊，謝謝妳。」

她露出燦爛的笑容向我道謝，感覺我都要臉紅了。

能讓她這麼開心真是太好了……我才剛出現這個念頭，就看到菜菜子的臉色沉了下去。

「……啊，可是我身邊沒有交情好到可以拜託這種事的男生……」

嗯——那我認識的男生有……。……。……。

只有那些人而已耶?!

等到午休時間，我和菜菜子一起叫住那四人，請他們到屋頂上集合。

「強迫不願意的女生和自己建立關係……身為男人，這傢伙真是太卑鄙了！」

我一邊打開便當，一邊詳細說明菜菜子目前的處境，只見野田同學立刻握著拳頭站了起來。

「知道了，我現在立刻去把那個傢伙打飛。」

「暫停暫停！不可以使用暴力。」

我連忙拉住他的手臂阻止他。

「可是這種連內心都腐敗的傢伙，必須用我的探照光線加以淨化——」

「探照光線還有這種效果？用途真廣泛……不對啦！總之那是最終手段，就當成是祕密武器吧。」

「祕密武器……？」

野田同學全身一震，臉色微微泛紅。

「……我知道了，是祕密武器！」

他一邊點頭一邊坐了回去。真感謝他這麼單純。

「——所以，我的計畫是讓菜菜子假裝自己有男友，藉此讓對方知難而退。不過要是跟學長說已經有交往對象，他可能會要求和對方見面，對吧?所以我們希望你們其中一個人能擔任那個男朋友角色……」

我掃了這些人一眼，再次心想這實在太亂來了……我忍不住抱頭苦惱。要在這四個人當中選出男朋友，未免太進退兩難了吧。

「總之，野田同學大概沒辦法——看起來就很不會說謊的樣子。」

聽我這麼一說，野田同學「唔」了一聲說不出話來，其他人也異口同聲地表示「沒錯」、「就是說啊」贊成我的意見。

以野田同學一根腸子通到底的個性，就算要他演戲也會馬上露出破綻。這一點我們都再清楚不過了。

「那高嶋同學呢？」

「我我我我我我我嗎?!」

光看外表的話，高嶋同學的確是最合適的人選沒錯，可是一旦把矛頭指向他，他馬上瞪大眼睛跳了起來。

「我來假扮、渡瀨同學的、男朋友……？」

高嶋同學額頭上冒出大量冷汗，轉頭看向菜菜子，可是目光才剛對上，又馬上使盡全力把頭撇向另一邊。

「是說我的確每天都有約不完的（腦內）約會啦。對我這種（二次元）女友超過百人的人來說，假扮男友這種事根本是小菜一碟……」

「真的嗎？可以拜託你嗎？」

菜菜子整個人向前探了過去，緊盯著高嶋同學的臉，而高嶋同學立刻「噫呀啊啊啊啊啊」地怪叫出聲，向後滾了半圈。

「高、高嶋同學，你還好嗎？」

菜菜子一臉擔心地輕觸他的手臂，結果高嶋同學又發出了「啊吧吧吧吧吧吧……」這種從沒聽過的聲音，兩眼翻白全身發抖。

「振作一點！智樹！」

「怎麼回事?!莫非是被七大不可思議當中的第十三階樓梯怨靈附身了……？」

「噗、超遜的！」

「菜菜子，抱歉，妳先離他遠一點。」

「啊，好。」

中村同學一邊大喊「惡靈退散！」一邊狂甩高嶋同學耳光，這才讓高嶋同學回魂似地清醒過來。

「你復原了嗎，高嶋智樹。」

「……男朋友……當男朋友，就表示可以做這種事情和那種事情…………」

高嶋同學喃喃自語了幾句話，隨後鼻血就像湧泉一樣噴發而出。

「智樹——！」

「唔！難道邪氣還沒有去除乾淨嗎……！」

「哇哈哈哈哈！超智障的！」

「……看來高嶋同學也不行，那麼只剩下——」

我先看了全身漆黑的戴眼鏡男生一眼，再看向一身奇裝異服的紅髮男生，最後陷入沉默。

這是什麼終極二選一啊……！

「菜菜子，妳想選哪個？」

嗚嗚，全部丟給妳決定真是對不起……我邊想邊詢問菜菜子的意見，而她「嗯……」了一聲，有點困擾似地皺著眉頭，視線在兩人身上來來回回。

「嗯……這個嘛……呃……怎麼辦，好難選喔……」

沒錯，真的太難了對吧。

果然還是行不通，重新想個計畫吧——正當我準備說出這句話時，菜菜子像是下定決心似地正面看向其中一人。

「中村同學，可以拜託你嗎？」

喔喔喔，竟然選了中村同學?!真意外……應該說不管選哪邊都讓人意外。

九十九同學大受打擊似地叨念著「……咦？我竟然輸給中村？咦？咦咦?!」，一旁的中村同學則是「喔……」了一聲，擺出一副高姿態推了推鼻梁上的眼鏡。

「女人，妳竟然能看穿我的魅力，看來妳很有眼光。不對，像我這種受到上天眷顧的人，不管再怎麼隱藏，靈魂的光輝都是藏不住的吧……」

嗚哇～表情有夠得意。是因為興奮嗎？他的臉變得很紅。

「借問一下，菜菜子妳為什麼選中村同學？」

「因為剛剛高嶋同學不舒服的時候，他很努力在照顧他。雖然看不出來到底在做什麼，不過應該是個溫柔的人吧。」

菜菜子有點難為情地微笑……怎麼會有這麼純真的好女孩，我眼淚都要掉下來了。

「受扭曲世界所苦的弱小羔羊就在眼前卻見死不救，有違我的美學。在這陰鬱的試煉當中……偶爾來點餘興應該不是什麼壞事。」

中村同學似乎也躍躍欲試。

老實說我只覺得不安，可是又想不到其他方法，只能放手去做了！

「……竟然輸給中村……」

九十九同學雙膝一軟，垂頭喪氣地喃喃自語。而他的聲音，就這樣消散在高爽的秋季天空中。

「監視對象來了嗎？」

「渡瀨同學和關谷已經來了，但龍翔院好像還沒到。」

「那傢伙到底在幹嘛啊……」

「你們等一下，那樣偷看會被發現的啦！」

星期天下午兩點，我、野田同學、高嶋同學和九十九同學四個人一起躲在陰影處，觀察著商業大樓入口附近的一對男女。

幸好外面的大雨製造出嘩啦嘩啦的激烈聲響，所以我們的說話聲和氣息應該很難傳到學長他們那邊。

前幾天，菜菜子對關谷學長說「自己其實已經有交往對象了」。學長也沒有讓我們失望，堅決表示「事到如今才講這種話，肯定是騙人的」，一點都不相信。

隨後他提出「我要揭穿這個謊言，妳去跟那個男的約會給我看」，最後決定星期天三個人一起在咖啡廳喝茶。

而今天就是約會的日子。

菜菜子和關谷學長已經抵達集合地點，可是約定時間都已經過了，中村同學還是不見人影。

他明明滿懷鬥志地說了「交給我吧」。我會讓那個叫做關谷的傢伙親身體會，渡瀨菜菜子的男友是獨一無二且至高無上的人」，但現在是怎樣？

「對方真的會來嗎？哼哼，不管誰來都一樣，只要跟我站在一起，渡瀨應該也會馬上發現我到底是多好的男人。」

關谷學長自信爆表的聲音，連我們藏身的地方都聽得一清二楚。

「……真是討厭的傢伙。」

看到九十九同學繃著臉說出這句話，我相信在場所有人應該都在想「輪不到你來說」。

「那個人據說是樂團主唱，在校內還滿有人氣，所以誤以為自己是個帥哥……臉看起來的確不差，不過最重要的可是內在啊。」

看到高嶋同學夾雜著嘆息這麼說，我果然還是相信在場所有人都在想「輪不到你來說」。

「話說回來，為什麼連你們都來了？」

「我是對應緊急情況的保鑣！」

「這附近有『罐隊收集』的活動，然後剛好有時間。」

「我只是想看那個平常老愛裝模作樣的傢伙，在這場不熟悉的戀人遊戲當中會做出多麼丟臉的醜態而已……」

如果只是來看笑話那還是快點回去吧——我正準備這麼說的時候，野田同學一句「來了」讓我迅速轉移視線，然後所有人的嘴巴都驚訝到合不起來。

「讓你們久候了……」

——出現在滂沱大雨當中的中村同學不知為何沒有撐傘，全身溼透。

「中村同學！你怎麼了？傘呢？」

看到菜菜子急忙跑上前幫忙撐傘，中村同學把滴著水珠的瀏海往上一撥，露出諷刺的笑容。

「對罪孽深重的我來說……被雨淋濕也只是剛好而已……」

這人到底在講什麼東西?!

今天一大早就開始下雨，所以不可能會忘記帶傘……難道他是故意淋雨來的？到底為什麼啊?!

我滿臉問號，身旁的野田同學則是低喊了一聲。

「好帥……」

「哪裡帥了?!」

「發生什麼事了？」

「什麼事啊……每天晚上，那場戰火的回憶都在折磨我……這場大雨，可能就是我永無止境的悔恨所幻化的慟哭之雨也說不定。」

即使菜菜子一臉擔心地詢問，中村同學還是一如往常地說著異次元的話語。

「你就是渡瀨的男朋友……？」

關谷學長的臉不斷抽搐，但他依然緊盯著中村同學不放。

雖然剛剛才發出「誰來都一樣」的豪語，但是這種男生終究還是超出了他的意料吧。

「啊啊，沒錯。」

中村同學雙手抱胸，伸手推了推鼻梁上的眼鏡……你全身溼答答的，根本一點都不帥好嗎！

但中村同學身上那股擋不住的「看我多厲害」的感覺到底是……啊，難道！

那就是他想出來的「帥氣男人」的演出?!

「總之我們先進去買些衣服吧，再這樣下去會感冒的。」

在菜菜子的提議下，三人隨即朝男性服飾樓層走去。

我們也保持著不會被發現的安全距離，追在他們身後。

「中村同學，你有什麼特別喜歡的店鋪或牌子嗎？」

「不，我平常都穿魔力揉製的拘束衣，或是我在這個世界線的血親角色所獻上的聖裝。」

他想說的應該是日常便服都交給媽媽決定。

「真是的……雖然我想盡量避免在結界之外脫去拘束衣……沒辦法，我會更小心注意控制『力量』的。」

關谷學長似乎覺得有點噁心，和不斷喃喃自語的中村同學拉開了一點距離。

「這裡有很多店鋪，今天你就買自己喜歡的衣服就好了。」

看著面露微笑的菜菜子（胸襟真寬廣），中村同學「嗯哼」了一聲，點了點頭。

——於是，雖然全身溼透的中村同學讓所有店員退避三舍，但他最後還是買齊了衣服。至於他的穿搭風格……

上半身是印了大量謎樣英文和骷髏頭的黑色T恤，下半身則是縫著大量拉鍊的超緊身黑色長褲，黑色長靴上有許多裝飾皮帶，外面再罩上一件同樣掛著無數裝飾皮帶的黑色長風衣（背後是十字架花紋）。

然後搭配盤踞著飛龍的銀色十字架項鍊，風格嗆辣到讓人想大聲吐槽這是什麼COSPLAY啊！

最過分的是，他甚至還戴著無指手套。真虧得他有辦法找到……

和我一起看著這一幕的高嶋同學低聲說道。

「那樣也挺不錯的呢……」

「挺不錯嗎?!」

「你真的很喜歡黑色耶。」

聽到菜菜子語帶嘆息地這麼說，中村同學像是樂不可支似地鬆懈了表情，然後又馬上繃緊了臉，搖頭回答「這不只是興趣喜好的問題」。

「穿上漆黑的色彩，才能讓我滿是虛無的內心得到少許安寧……對我來說，這個鮮豔的世界實在太過耀眼了。」

看著中村同學彷彿正在強忍痛楚的微笑，菜菜子回答「原、原來是這樣啊……」附和他。

「不過也有可能是封印在我右手裡的暗黑神吉爾迪巴蘭影響了我。」

「…………」

剛剛還盛氣凌人的關谷學長，如今已完全沉默。

雖然發生不少插曲，總之中村同學全身溼透的狀態已然解除，於是三人走進了原先預定的咖啡廳。

偷偷跟在後面的我們也成功占據了他們隔壁的座位。在店內草木裝飾的掩護下，關谷學長難以發現。

在沙發上落坐後，關谷學長像是為了重新振作似地清了一下喉嚨，隨後露出銳利的眼神看向中村同學。

「確認一下……你就是中村和博？」

「我是龍翔院凍牙。」

「…………？」

才第一句話就對不上了啊！

「你不是中村嗎？」

「中村和博，只不過是我在這條世界線上的虛假外在所擁有的俗稱，方便稱呼而已。我的真名是龍翔院凍牙，你最好牢記在心。」

「喔、喔……」

學長不知該做何反應的時候，店員姐姐走了過來。

「請問決定好要點什麼了嗎？」

「……可樂。」

「請給我奶油蘇打汽水。」

「請調配『漆黑之雫』。」

「跟您確認，各位點的東西是可樂、奶油蘇打汽水和黑咖啡對嗎？請稍等一下。」

……那個店員，不是省油的燈……！

店員離開後，換中村同學開口說話了。

「——希望你不要像蒼蠅一樣黏在渡瀨菜菜子身旁。」

喔喔！這麼乾脆！

「啊？你是想找我吵架——」

「這個女人早已刻劃在阿卡西紀錄當中，是我命運的另一半。」

「…………？？」才剛露出憤怒表情的學長再次變得一臉疑惑。

「渡瀨菜菜子前世的名字是羅莎莉，是個心地善良的打鐵屋女孩，不過她的真實身分是四大天使吉普利兒的轉生。我倆站在世界樹前宣誓永恆之愛的那段甜美回憶，至今仍然在我荒蕪的心中點起溫暖的火光……哈啾！」

中村同學原本一臉陶醉地講述著他不知何時完成的菜菜子設定，卻忽然連續打了好幾個大噴嚏。

「哈啾！哈啾！」

「沒事吧？因為剛剛淋了雨，身體著涼了嗎？」

菜菜子擔心地遞出面紙。

「抱歉，羅莎莉。」

中村同學用力擤了鼻涕，隨後極度不悅似地皺緊眉頭。

「應該是不久前和我交戰的妖魔搞的鬼。想不到我竟然沒發現自己被施加了咒術……真是太大意了。」

「原來是這樣，真是辛苦了。」

「啊啊，不過羅莎莉，只要有妳的『聖癒催眠曲』應該馬上就能恢復了。對於活在爭鬥之中的我來說，妳的存在在各方面都是我的救贖，同時也是希望……」

「…………」

關谷學長表現出非常明顯的退縮之意。

「讓各位久等了。」

店員端著他們點的飲料走來。

正分送到三人面前時，中村同學舉起了手。

「我要求追加『染血的山嶺』。」

「好的，追加一份草莓蒙布朗蛋糕，馬上來。」

那個店員，到底是何方神聖……?!

啜飲了一口黑咖啡後，中村同學再次開啟話題。

「——那麼，我想你應該已經理解羅沙莉和我是透過無法斬斷的強大羈絆緊緊相連的，對吧？」

「…………」

「每次轉生都遭受時代的洪流操弄，好幾次都因為殘酷的命運而不得不分離，但我們依然像是受到某種引導，每一次都能重新相會，並且毫無來由地互相吸引……啊，等一下！這感覺是……」

中村同學根本不管關谷學長完全沒回話，自顧自地說個不停。下一刻，他忽然站了起來，相當緊張地環顧四周。

「這刺耳的振翅聲，還有讓人背脊發涼的強烈惡寒是什麼……難道是那個四魔將的封印快要解開了?!不可能，太快了……！」

他到底接收到什麼電波了啊！真是的，我都想哭了……

坐在我對面的九十九同學冷笑了一聲，低聲說道。

「他大概完全沒料到，引發這個狀況的幕後黑手其實就在身邊吧……」

為什麼你一副機不可失的樣子搭上順風車啦！

「可惡，拜託在我抵達之前一定要撐住！」

表情肅穆的中村同學滔滔不絕地說到這裡，隨後呼出一口長氣，坐了下來。

然後他看著表情微妙到難以形容的關谷學長，從背包裡拿出一本黑色封面的筆記本放在全身僵硬的對方面前，開口說道。

「抱歉，看來時間所剩無幾，就挑重點說吧。你要是繼續糾纏羅莎莉，我只好把你的名字寫在這本『愚昧墮天使的默示錄』上——」

「夠了，不要再說了。」

關谷學長打斷中村同學的臺詞，從座位上站了起來。

「你們就在那個世界過你們的幸福日子吧。」

他把飲料錢放在桌上，隨後盡全力迴避中村同學的視線，逃難似地迅速離開現場。

「幹得好！黑戰士。」

「挺不賴的嘛，龍翔院。」

「如果是我，一定會用更聰明的方法讓對方放棄的。」

學長的身影完全消失在視野當中後，野田同學他們一邊大聲歡呼，一邊跑了過去。

「哼……我出馬的話，這種事情根本輕而易舉。」

「剛開始還不太懂，不過原來是這樣的計畫啊！中村同學，你好厲害喔！真的太感謝你了。」

菜菜子露出溫和的笑容……不是喔，那是他原本的樣子喔。

不過這麼一來，學長應該再也不會跑來糾纏菜菜子了吧。

可喜可賀、可喜可賀！

「英雄社的第一個任務大大成功！」

野田同學這麼一喊，菜菜子愣了一下，隨即疑惑地把頭歪向一邊。

「英雄社……？」

「對，幫助有困難的人，從事英雄事業的社團。」

「原來有這種社團？好棒喔！」

「對吧！可是一直招不到社員……所以還不是正式社團。」

看著野田同學的表情越來越黯淡，菜菜子眨了幾下眼睛，石破天驚地說出一句驚人之語。

「既然這樣，那我就加入吧。」

妳是認真的嗎?!

「菜菜子，這是妳的真心話嗎？」

「嗯，畢竟我得到幫助了嘛。只是我同時也加入了羽球社，所以可能沒辦法經常參與社團活動……」

「我們當然舉雙手歡迎！那妳在這張紙上簽名吧。」

為什麼連假日也帶著入社申請書？先不管這個，菜菜子，妳重新考慮一下啊——

面對這爆炸性的驚人發展，我還張口結舌說不出話的時候，菜菜子就已經在入社申請書上簽了名。啊啊……既然如此，我也只能這樣了！

「好吧，我也加入英雄社！」

我痛下覺悟發出宣言，野田同學的表情瞬間亮了起來。

「真的嗎，粉紅戰士?!」

「女人一言既出，駟馬難追。」

因為我不能把天真無邪的菜菜子一個人丟在這個恐怖集團裡啊。

當我下定決心，在入社申請書上簽好名字之後……

「哎哎，既然這樣我也加入吧。」

不知為何九十九同學也跟著這麼說。

「紫戰士?!」

「你不是說你絕對不會加入嗎？」

被高嶋同學這麼一吐槽，九十九同學瞬間洩漏出心中的動搖，紅著臉回答

「也、也沒什麼」，但隨即揚起了嘴角。

「只是突然有這個興致而已，不過是心血來潮。」

「——也就是說，我們在此成功聚集了六道獲選的光芒，是嗎？」

中村同學低聲說完，野田同學馬上氣勢十足地高喊起來。

「很好！英雄社的傳說就要開始了！」

野田同學的心願就此達成，皆神高中英雄社成功誕生，可喜可賀——本來以為會是這樣的。

「對不起啊，野田同學、瑞姬。羽球社有規定，不可以同時參加兩個社團……」

隔週星期一。

菜菜子萬分愧疚地朝著我們雙手合十道歉，我整個人都愣住了。

咦？怎麼會這樣……騙人的吧？這樣也行？

「非常遺憾，但這也是沒辦法的。還差一個人，我們無論如何都要找同伴加入！」

「……那個，果然我還是取消加入社團……」

「妳不是說『女人一言既出駟馬難追』嗎？粉紅戰士。」

「……！」

野田同學露出不懷好意的笑容。被他這麼一說，我無言以對。

「成為英雄的道路可不輕鬆，大家一起通力合作，加油吧！」

「啊啊～真想快點擁有社團教室。這樣就可以和小空良來一場禁忌的幽會……『不行，要是有人來的話……』、『不會來的』、『啊……』呼呼呼。」

「老實說，知道羅莎莉沒有被捲進來，我覺得安心不少。要是留在我身邊，她肯定會曝露在危險當中……為了守護自己所愛的人，只能選擇把對方推開。哼，看來我終究是個笨拙的男人。」

「正義集團聽起來實在有點弱，不過我就擔任負責特殊任務的暗網組織的間諜吧，哼哼哼。」

——如果這是一場夢，就快點讓我醒來吧。

第二章

『HELO』們的蛋料理

「吶，綠戰士，加入英雄社——」

「Shut up！你給我差不多一點！」

廚同學由衷厭煩地驅趕一直纏著自己不放的野田同學。

最近經常看到這幕光景。

野田同學似乎無論如何都想讓廚同學成為最後一個社員，因此只要一有空檔，他就會不斷進行勸誘活動。

「為什麼對廚這麼執著？」

當野田同學落寞地走回來時，高嶋同學這麼問道。

而前者以堅定不移的眼神回答。

「先前不是說過了嗎？因為那傢伙是我們的同伴啊。」

剛開學時，由女生們帶動的「廚同學嘉年華」似乎暫時告一段落了。

因為廚同學總是散發出不高興的氣息，讓大家覺得好像很難親近，所以漸漸不再圍在他的身邊。

不論男女，他似乎一點都不打算和任何人親近，一直過著標準獨行俠的生活。如果有人搭話他會回答，但態度完完全全不親切。

因為他非常沉默寡言，所以根本沒人知道他的個性如何。

儘管如此，女生們還是覺得「雖然有點恐怖但是好帥」、「充滿神祕感真是太棒了」等等，人氣始終居高不下。

這樣的廚同學會是同伴？

『好啦～皆神高中的同學們，午餐時間過得還開心嗎？』

一陣輕快的男生聲音從教室廣播器裡傳了出來。

這間學校每星期都會挑兩天在午休時間進行校內廣播，內容是廣播委員們製作的音樂節目。

『距離體育祭還有兩星期，大家的出場項目應該都已經決定了吧？所以今天的第一首曲子，就是彷彿點燃熱火般的鼓聲，讓身體不由自主地熱起來的這首歌！』

簡短介紹後，廣播器流洩出一首相當耳熟的VOCALOID日式搖滾歌曲。

「最近是不是經常播放VOCALOID的曲子啊？」

正確來說其實都是「真人翻唱」音源，也就是由人類歌手翻唱VOCALOID的曲子。

聽我這麼一說，正在吃便當的廣播委員高嶋同學馬上回答。

「啊啊，因為廣播委員長是nico狂粉，剛剛說話的人也是委員長……呼呼，小渚真是的，便當裡塞滿了我愛吃的東西，是有事情想要拜託我嗎？儘管來吧。」

「…………」

高嶋同學今天也進入了妄想世界。

我轉頭不再看他，結果正好看到廚同學坐在靠窗座位上瞭望著窗外，看來他已經吃完午餐了。

……嗯？廚同學好像若無其事地用腳跟著音樂打拍子。

他平常總是背著吉他盒到處走，所以應該很喜歡音樂吧……

我愣愣地盯著廚同學看。而他似乎察覺到我的視線，只見他瞬間繃緊了臉，撇開了頭，腳下的拍子也停了。

這種事有必要那麼難為情嗎……？

隔天第四堂課，是A班到C班三個班級合併舉行的家政實習課。

「啊，中村同學，前些日子真的很感謝你。」

奈奈子在實習教室裡看見中村同學的身影，立刻過去向他道謝。

「羅莎莉……想不到竟然會在這種情況下與妳再次相見。」

「後來沒能加入英雄社，真的很對不起。」

「無須在意。話說回來——妳不要隨便接近我。妳實在太過純粹……和妳在一起，我以修羅之身活下去的覺悟可能會瓦解殆盡。」

「喔？嗯……？」

「哼哼，看來顯現出我力量的片鱗半爪的時刻總算來臨了……」

看到九十九同學露出意味深長的邪惡笑容，廚同學說了句「Stupid！」嗤之以鼻。

「石丟比？」

「錯了！Stupid是『笨蛋』的意思！」

野田同學一提出質疑，廚同學馬上不耐煩地加以說明。

九十九同學像是看不下去似地搖了搖頭，瞇起眼睛，擺出一副高姿態。

「二葉啊，你也只剩下現在可以擺出那種態度了喔？你很快就能親身體會，名為『才能』的絕對事實有多麼殘酷——」

「啊？不過就是被姐姐們隨意使喚所以多少學到一點而已，你有什麼好驕傲的？」

又在吵了。他們兩個感情真的很差啊……

「綠戰士，和我進行料理決鬥吧！如果我贏了，你就要加入英雄社！」

「別開玩笑了，這對我根本沒好處吧。」

當廚同學斷然拒絕野田同學的挑戰時，老師拍了一下手，喊道「看這裡」。

「先前有說過，今天的實習有設定主題，人家可以依照主題做自己喜歡的料理。大家都有帶材料來吧？」

看到學生紛紛點頭，老師接著又說。

「主題是『蛋料理』，限制時間三十分鐘，我很期待看到大家的成品。那麼準備，開始！」

在老師的一聲令下，所有裝備著圍裙和三角頭巾的學生們同時把自己帶來的材料放在作業臺上。

主題是「蛋料理」，所以必備品就是蛋——本該如此的。

「咦？廚同學，你那是鵪鶉蛋？」

「嗯，我要用這個做Scotch Egg（蘇格蘭蛋）。」

廚同學拿出迷你尺寸的蛋，接著又拿出絞肉、洋蔥和麵包粉一字排開。聽到廚同學這麼說，周圍的女生開始七嘴八舌起來。

「鵪鶉蛋！原來如此～還有這種做法啊。」

「竟然是做蘇格蘭蛋，真是太有型了！原來廚同學還會做料理啊！」

「一般般……」

廚同學只冷冰冰地回了三個字，隨即剝去洋蔥皮，開始咚咚咚咚咚……地動起菜刀，節奏感十足。

他的運刀技巧非常熟練，轉眼間便把洋蔥全部切碎。

接著他打開瓦斯爐，放上平底鍋，再從高處豪邁地倒入橄欖油。

「「呀啊啊啊啊！」」

簡直像幅畫的帥氣動作，讓女生們發出興奮的尖叫。

你以為你是速水茂虎道嗎！

「真不愧是廚同學，從十歲開始就在料理教室學習料理果然厲害！」

下川同學一臉陶醉地進行解說……話說為什麼妳連這種事都知道啊?!

不過話說回來，選用鶴鶉蛋的確是個與眾不同的角度呢。正當我如此暗讚的時候——

「我用的蛋是這個！」

野田同學拿出一顆幾乎和臉一樣大的巨大雞蛋，害我懷疑自己有沒有看錯。

「好大！」

「那是什麼！」

誇張至極的尺寸，引起周圍一陣騷動。

「這個……難道是鴕鳥蛋?!」

「沒錯。很大很帥氣對吧？這一顆就相當於二十五顆雞蛋喔。」

野田同學驕傲地挺著胸膛……真是個呆子。

「創作理念是『超人力霸王煎蛋』！」

他一邊解說，一邊將鴕鳥蛋撞向作業臺邊緣，咚！

可是蛋殼毫髮無傷。

咚！咚！咚！咚咚咚咚咚咚咚咚咚咚咚……咚！

——為什麼聽起來像是ＪＯＪＯ的戰鬥音效?!

「哈啊……哈啊……難道現在的我、還沒有資格敲開這顆蛋？」

不知為何，野田同學變得氣喘吁吁，一臉悲痛地呻吟著。

這應該不是有沒有資格的問題吧？

最後，野田同學痛下決心似地抿住嘴唇，放下鴕鳥蛋，朝老師的方向走去。

「老師，我……我現在去找傳說中的武器！」

「咦？野田？」

隨後他丟下疑惑不已的老師，走出了家政教室。

「啊——真是笨蛋，就是因為標新立異選了不熟悉的食材，才會落得這個下場。」

九十九同學裝模作樣地搔頭嘆息。

「那九十九同學要做什麼？」

「我要做茶碗蒸。」

「茶碗蒸……?!」

在家政實習課上？誰才是真正標新立異的人啦！

記得茶碗蒸非常費工對吧……雖然成功做出來的時候確實會給人擅長做菜的感覺就是了。

我投給無法在時限內完成一票。

「……好，完成了！」

我望著自己剛做好、還冒著熱氣的料理——炒蛋，然後送進嘴裡。

半熟的程度恰到好處，很好很好。

「炒蛋？真不愧是聖，超普通。」

聽到高嶋同學不以為然的口吻，我氣呼呼地回頭。

「有什麼關係！我就是要普通地品嘗普通美味的東西啦！」

高嶋同學面前的盤子上放著一個用薄蛋皮包起來的三角飯糰。

「高嶋同學做的是……蛋皮飯糰？」

「對，我命名為『小空良的幸福飯糰』，裡面包的材料是小空良喜歡的鮭魚薄片。不過這還沒有完成……應該說重頭戲現在才要開始。」

高嶋同學眼中閃過一道光芒，只見他一手拿剪刀，另一手拿海苔，臉上露出無比肅穆的表情，小心翼翼地剪了起來。

「你在幹什麼？」

「我要剪出小空良的臉型，然後把它貼在飯糰上。」

竟然是角色造型飯糰！雖然很厲害，但是好中二啊！

「哼哼哼哼……最後加進這個蛇牙粉末就完成了……」

我聽到詭異的低語，轉頭看了過去，赫然發現中村同學正露出詭譎的笑容，不斷攪拌著大鍋裡面的湯。

「中村同學的料理是……蛋花湯？」

「沒錯，不過這可不是普通的蛋，是非常稀少的鳳凰蛋。」

把那麼稀少的東西做成湯，真的好嗎？

「其他還加了百夜蝙蝠皮乾和曼陀羅的球根……還有一個用來提味的配料。」

我只看到裡面放了海帶芽和洋蔥而已耶……？

「要試吃看看嗎？」

「啊，好。」

「龍翔院，我也要我也要。」

中村同學盛了一點到碗蓋裡，分別遞給我和高嶋同學。

「這、這是……」

才剛入口，高嶋同學的雙眼立刻瞪得斗大。

「真——好——喝——啊啊啊啊啊啊！」

高嶋同學仰天長嘯。太誇張了吧！雖然這湯的確是滿好喝的。

不過，風味似乎有點獨特……？

「柔嫩的蛋花在口中輕盈地滑動，洋蔥的甜味和海帶芽的鮮美為這道湯添加了百吃不膩的深度……可是這淡淡的酸味是什麼？啊，原來如此！這是──酸梅！我看見了……矗立在碗中的梅樹！早春的梅花正在此處綻放啊──！」

你是料理漫畫的審查員嗎！

「酸梅？非也──這是空洞巨龍的灼眼。」

看似暗爽在心裡的中村同學呵呵一笑……不，再怎麼想那都是酸梅吧。

真是夠了。就在我忍不住發出嘆息的時候，忽然發現廚同學正盯著我們這個方向看。

眼神剛對上，廚同學就立刻撇開頭，罵了聲「Stupid」。

嗯，的確沒說錯，真的是笨蛋。

廚同學似乎剛用洋蔥絞肉包住鵪鶉蛋，已經裹好麵衣正在洗手。緊接著，他再次把橄欖油高舉過油炸鍋，開始倒入大量的橄欖油。

「「「呀啊啊啊啊啊！」」」

你真的以為自己是速水茂虎道嗎！

話說連炸東西都用橄欖油？廚同學竟然在這種小地方都能展現出富豪氣息……！

「可惡，討人厭的地方果然一點都沒變……」

九十九同學滿臉厭惡地咒罵。他現在才把材料處理好，正用筷子攪拌著高湯和蛋液。接下來還有用濾網過濾蛋液、加熱蒸籠等各式各樣的步驟對吧？

「還剩十分鐘。」

「……?!」

老師的這句話，讓九十九同學手中的筷子應聲落地。

九十九同學，宣告出局……

話說回來，野田同學他——我才剛閃過這個念頭，隨著一聲喀啦啦的巨響，教室門被打開了。

「各位──讓你們久等了！」

野田同學一邊說著英雄在危急時刻時登場的臺詞一邊衝進教室，手中緊握著一把鐵鎚。

「大和，只剩十分鐘了。」

「我知道。黃戰士，幫我固定。」

高嶋同學扶住鴕鳥蛋後，野田同學立刻舉起鐵鎚，重重敲了下去。

隨著一聲清脆聲響，鴕鳥蛋上方開始碎裂，蛋殼一股腦地掉在裡面。

嗚哇～這也太刺激了吧……！

野田同學看也不看，直接把滿是蛋殼的蛋液全部倒進超大尺寸的調理盆，然後把一整袋砂糖通通倒下去。

他在瞠目結舌的眾人面前，以同樣的方式倒入鹽巴，再用筷子隨意攪拌了幾下，開火加熱平底鍋。

接著他也沒放油，直接把調理盆中的蛋液通通倒進平底鍋。

——到底是有多隨興啊！

蛋液布滿了整個平底鍋，厚度也相當驚人，怎麼煎都無法凝固。最後，平底鍋裡開始散發出恐怖的味道和黑煙。

「大和！燒焦了燒焦了！」

「什麼?!」

野田同學用雙手握住鍋鏟，鏟起其中一角，氣勢十足地吼出一聲「喝啊！」試圖把蛋捲起來。可是因為沒有放油的關係，整塊蛋幾乎都黏在平底鍋上，只能捲起其中一部分。這、這真是有夠慘烈的……

但他最後還是盡全力捲成三折，放在了大盤子上。

這個讓人懷疑到底能不能被稱為煎蛋捲的巨大物體，除了表面焦黑還嵌著大大小小的蛋殼碎片外，到處都有半生的蛋液從裂縫中源源不絕地流出。

「「「………」」」

所有人都臉色鐵青地看著這一幕。

怎麼看都很難吃，而且分量還這麼多……

非比尋常的規格，帶來的絕望感也非同小可。

但野田同學身上看不出任何氣餒，只見他用番茄醬在煎蛋捲（？）上面寫了「HELO」幾個字……該不會是想寫「HERO」吧？

他心滿意足地低聲說出「做好了！」然後模仿某人氣料理漫畫的主角，把料理舉到我們的面前。

「來吧，這是我使出渾身解數的料理……請享用！」

「請容我鄭重拒絕！」

野田同學端著裝有巨大暗黑物質的盤子，轉身朝著廚同學的方向跑了過去。

「綠戰士，我們就來一決勝負吧——啊、咦?!」

話還沒說完，野田同學似乎踩到了濕滑的地板，腳下一個打滑，整個人歪向一邊。

巨大暗黑物質就在這個反動之下飛離盤子，咻地一聲在空中打轉——然後噗地掉在廚同學頭上。

沒有完全凝固的蛋液，沿著廚同學的額頭和臉頰緩緩滑落。

「好……燙！好燙好燙好燙！」

整個頭被剛起鍋的料理包住的廚同學立刻把蛋捲揮落，一邊慘叫一邊衝到水槽旁邊，扭開水龍頭。

接著他直接把頭湊到水龍頭底下，沖水降低溫度。

「抱、抱歉……綠戰士，你沒事吧？」

「——你這混蛋，到底鬧夠了沒?!」

頭髮濕透的廚同學徹底變臉，伸手抓住野田同學的領口。

就在這一瞬間。

轟地一聲巨響，廚同學的油鍋冒出了熊熊大火。

對了，廚同學正在炸東西啊……！

「呀啊——！火！火燒起來了！」

「這是不是不太妙啊？」

整間教室開始騷動起來。

「老師呢？」

當我不斷左右張望，試圖找出不見蹤影的老師時，皺著眉頭的高嶋同學告訴我實情。

「剛剛老師好像肚子不太舒服，所以偷溜去廁所了。」

怎麼會剛好在這個時候……！

我聽說過，油鍋著火時絕對不能潑水……

那現在到底該怎麼辦？

「我記得以前聽過一個偏方，這個時候只要把蔬菜丟進去就可以了。」

高嶋同學說完，就把廚同學準備用來搭配的高麗菜絲丟進熊熊燃燒的油鍋裡。

——但是火沒有熄，反而變得更猛烈了。

「哎呀～？」

「你只是把燃料丟進去而已吧！」

接著換成九十九同學一邊搖頭表示「你們都在幹什麼啊」一邊靠近。

「你們這些無知的人不知道嗎？這個時候用這個最有效。」

他舉在手裡的東西竟然是美乃滋。

「咦？是這樣嗎？」

「沒錯。油鍋之所以起火是因為油溫過高，只要加這個就能讓溫度降下來。」

「很好，紫戰士，上吧——！」

「咦？啊，嗯。」

原本洋洋得意解說的九十九同學忽然變得畏首畏尾起來。他小心翼翼地接近油鍋，把美乃滋扔了進去。結果衝擊力讓油鍋裡的油飛濺出來，整個鍋子瞬間陷入火海。

呀啊啊！火力爆炸性提高了啦！

「你在幹什麼啦，九十九！」

「咦？之前電視上明明是這麼說的啊！」

「仔細想想，你是把油脂丟進火裡耶，再怎麼想都只會造成反效果吧！」

「喂喂喂，現在是不是趕快避難比較好？」

「火！火勢變得這麼大了！」

「這可不是開玩笑的！」

家政教室即將陷入恐慌，所有人都在大呼小叫時，某個悅耳的聲音喊出一聲

「Stupid！」。

我回頭一看，發現廚同學手裡拿著一條弄濕的桌巾。

「發生這種狀況，只要把床單或浴巾打濕再徹底擰乾蓋上去，隔絕空氣就好。這條桌巾應該也ＯＫ才對——」

「退後，你會受傷的。」

就在廚同學準備接近油鍋時，突然有人伸手攔下了他。那人是中村同學。

「只要把整個肇事原因凍結起來就沒問題了吧?交給我吧。」

「什麼……」

「綠戰士，相信黑戰士吧！」

野田同學這麼一叫，廚同學也老實後退，隨後中村同學清亮的聲音響了起來。

「至高之巔的熾天使撒拉佛、混沌之首的大魔王路西法，將汝等相對的無盡能量融合，於此下達最終審判——」

啊，這是會被打槍的走向。

「以凍結之冰與風雪之花掩沒萬物。以遠古契約為令，回應吾之召喚——祕奧義，永恆冰霜暴雪擊！」

轟轟轟轟轟——

中村同學扭轉著身體使出大絕招，但他手指的方向依然燃燒著熊熊火焰。

「……唔！這個招式果然還沒有完成……」

「你白痴嗎——！現在可不是鬧著玩的時候！小心我吊死你啊！」

頭冒青筋的廚同學幾乎快要朝著中村同學撲過去。

「廚、廚同學，我雖然懂你的心情，但請你冷靜一點！」

念完這段漫長的咒文後，火勢已經大到快抵達天花板了。

到這個時候，應該也很難用廚同學的桌巾隔絕空氣了。

「既然如此，就用我的迷霧拍掌……」

「不要再用必殺技了！」

這時四周忽然傳來嗚嗚嗚——的尖銳警報聲。

咦？這是……火災警報器感應到了?!

「糟了！大家快點離火遠一點——！」

聽到野田同學的警告，所有同學都驚慌失措地遠離油鍋。

下一秒。

嘩啦啦啦啦——

家政教室天花板上的灑水器開始同時灑水。

火焰瞬間變大了一陣子，但是在大量冷水的持續灌救下，火總算被撲滅了……

火災雖然落幕了，但家政教室也已經一片狼藉。

這誇張到不行的狀況，讓廁所回來的家政老師整個人呆住，其他教室的老師和學生也都跑來圍觀，再次引發一陣騷動。

至於現在，A班到C班的所有同學都在動手清理，沒有午餐吃……

「真想不到，過去馬格米爾族施加的水之魔法陣竟然會在這麼剛好的時機獲得解放……」

就算到了這個時候，中村同學也依然故我。我才剛換上運動服，正準備拿抹布擦東西，一聽到他這句話覺得就更累了。

廚同學莫名變成了騷動的元凶，只見他身後散發著比其他任何人都凝重的氣場，沉默地動著拖把……

野田同學的手忽然搭上了廚同學的肩膀。

「別在意。對英雄來說，苦難是必經之路，有時也會遭受雨水拍打……不過別忘了，你身邊還有同伴！」

看到野田同學豎著大拇指露出爽朗的笑容，廚同學張大了嘴巴，呆住好幾秒。最後他渾身發抖，憤怒地大叫起來。

「——誰是你同伴！事情會鬧得這麼大，還不都是你們害的！」

廚同學滿臉漲紅，徹底爆發……嗯，我完全理解你的心情。

「冷靜下來，綠戰士！」

「誰是綠戰士！啊啊，我受不了了……好，野田，就照你說的，我們來一決勝負。」

他露出銳利的眼神，朝著野田同學用力一指，接著又說。

「這次體育祭，要是你贏了，我就加入那個什麼英雄社。可是如果我贏了——你就不要再試圖成立這種鬼社團！」

野田同學先是瞪大了眼，隨後他的嘴角慢慢上揚，劃出一道弧線。

他正面迎向廚同學的目光，握著拳頭往自己的左胸一捶，做出回答。

「很好，綠戰士！我接受這項挑戰！」

兩週後舉辦的體育祭就此成為廚同學入社和英雄社存亡與否的關鍵，會上即將展開激烈生死戰。

——加油啊，廚同學！！

第三章
醒來吧！炎之戰士們

萬里無雲的秋季晴空，萬國旗隨風搖曳。

每班各自製作的大型直立看板，搭配著讓人情緒高昂的ＢＧＭ——「郵遞馬車」。

十月上旬的某個星期天，皆神高中體育季正式開幕。

據說以往的分組方式都是直接二分，ＡＢＣ班是白隊，而ＤＥＦ班是紅隊，但今年不知道為什麼變成了ＡＢＤ班是白隊，ＣＥＦ班是紅隊。至於英雄社的（暫定）社員，Ａ班中村同學和Ｂ班九十九同學被劃成白隊，而C班的野田同學和高嶋同學則是紅隊。

該不會是為了避免這些可能引發問題的中二病男孩全部擠在同一隊，才這樣分的吧？……老實說我真的只能想到這個理由……

紅隊的代表圖案是一隻被火焰圍繞的獅子。

負責作畫的人真的非常努力，整張圖看起來魄力十足，非常帥氣。可是寫在底下的標語「醒來吧！炎之戰士們！」總讓人強烈聯想到某人……我才剛冒出這個念頭，野田同學就在我眼前驕傲地挺起胸膛。

「怎麼樣？粉紅戰士，那些字是我寫的！」

「啊，果然是這樣，好厲害喔，真帥氣。」

日常生活中說出這種臺詞真的很丟臉，不過現在是體育祭，就算這麼熱血雄壯也完全沒有違和感。

「這麼說來，野田同學是體育季實行委員對吧。」

「沒錯！」

賽程表上的比賽項目全部多了一條莫名其妙的宣傳字眼，像是「熱鬥！百米賽跑」還有「斷開吧！拔河比賽」等等，相信也是受到野田同學的影響。

順帶一提，我覺得「斷開吧」這個詞比較適合用在百米賽跑，把拔河繩弄斷是想幹什麼？

「今天的比賽結果將會決定英雄社的未來，我們絕不能輸！」

野田同學用力握緊拳頭，氣勢猛烈到眼中彷彿有火焰在熊熊燃燒。

廚同學提出的挑戰，最後好像變成用「英雄社所有（暫定）男社員VS廚同學」這個形式進行。

皆神高中的體育祭規定是這樣的，除了全員參加的團體競賽外，每位選手最多可以參加三個項目。而每個英雄社（暫定）社員都要從廚同學參加的三個項目當中選一個參加，藉此決定誰贏誰輸。

先不論中村同學和九十九同學，我一直很在意同班的野田同學、高嶋同學和廚同學到底要怎麼分勝負。不過後來聽說野田同學動用他身為實行委員的權限，讓他們在同一項比賽當中的出場順序通通調整成同一組了。

至於我個人，當然是全力聲援廚同學。

『下一個項目是「熱門！百米賽跑」。』

操場上迴盪著大會廣播。這聲音很耳熟，難不成是高嶋同學？才剛想完，廣播器就傳出了女孩子的可愛歌聲……這絕對是高嶋同學。

不要仗著自己是廣播委員，就拿「AI Live！」的歌當成比賽BGM啦！

起跑線上，九十九同學、廚同學和中村同學，還有另一位選手正排成一列，手拿麥克風的高嶋同學朝著他們接近。

『那麼現在我們來訪問一下參賽選手吧。九十九選手，你現在感覺如何？』

「我對自己的腳力還滿有自信的喔。二葉，你跟得上我的速度嗎？」

『喔喔，九十九選手放狠話啦！那麼受到指名的廚選手如何反應呢？』

「你只有在逃跑的時候才會跑得飛快吧。」

『聽說這兩位是表兄弟，如果是在二次元，通常都會發生『一直以為是親妹妹的美少女其實是表妹，而且還暗戀自己』的美妙展開。不過現實當中兩人都是男的，沒有半點希望和夢想可言——佐藤選手，能說說你現在的心情嗎？』

「感覺好像被捲入一場巨大的紛爭。」

『龍翔院選手，請說你的感想。』

「……活在陰影當中的我，實在不適合這種華麗的舞臺。」

『謝謝各位的感言！決戰馬上就要開始了，請大家不要轉臺喔！』

這可不是電視轉播啊。

「各就各位！預備——」

砰！起跑的槍聲響起，所有跑者同時衝了出去。

「上啊！紫戰士！不可以輸啊，黑戰士——！」

等等，野田同學！那兩人是敵隊的啊！班上同學的視線好刺人啊！

「「「廚同學加油——」」」

女生們扯著嗓子幫廚同學加油。

他的速度也真的很快，跑步動作一點都不拖泥帶水，蹬著地面不斷向前衝刺。

「真不愧是廚同學，從小學開始每年都被選為接力賽選手的人，果然厲害！」

下川同學滿臉通紅地進行解說……就說妳到底是從哪裡得到這些情報的?!

至於九十九同學——雖然不算慢，但是怎麼說呢……感覺很普通？那時候在稻川神社明明跑得飛快的說……他落後廚同學好一大截，排在佐藤同學之後，現在第三名。

中村同學則是慢到讓人絕望。只跑了幾公尺，他就變得像是二十四小時電視轉播上那些即將抵達終點的跑者一樣累到不行，而且那好像就是他的全力了。

『剛剛的賽跑比賽結果是紅隊、紅隊、白隊、白隊。』

最後抵達終點的排名順序就跟起跑時一樣，廚同學率先奪下勝利。很好！

「可惡，要是我的腳沒有扭傷的話……！」

九十九同學回到自己座位的途中和我擦身而過，眼神才剛對上，他立刻皺著臉說出這句話，然後開始拖著左腳走路。

過了一陣子，中村同學也搖搖晃晃地回來了。

「如果我認真起來……哈啊、哈啊……這股超越人類想像的力量……呼、呼……會對這個社會帶來混亂的……呼、呼……」

知道了知道了，總之你先把呼吸調整好再來說話，好嗎？

下一個項目是「別在意！人生有起有落什麼都有賽跑」。

名稱很長，不過應該是合併了障礙賽跑和借物賽跑的比賽。

「誰可以借我一副眼鏡！」

「有沒有帶香蕉當點心的人——？」

「足球社員！」

重頭戲果然是後半段的借物賽跑。參賽者們大聲喊著物品名稱，把周圍觀眾一起拉進比賽當中。

接下來終於輪到野田同學和廚同學了。

「今天吹的是再好不過的風。我不會輸的，綠戰士！」

野田同學用食指朝著廚同學用力一指，後者明顯表現出厭惡感，重重嘖了一聲。

「拜託你不要這樣，蠢斃了。」

「各就各位。預備——」

野田同學幾乎和鳴槍聲同時衝了出去！

完全是火箭起跑。

『野田選手好快，連廚選手都追不上！幹得好啊，大和——！』

高嶋同學，在轉播裡置入私人情感是不行的喔。

平衡木、跳繩、鑽網子……野田同學以驚人的高速逐一突破。

廚同學雖然緊追在後，但還是有些差距。

『野田選手拿到題目紙了。哎呀，這是怎麼了？野田選手……』

野田同學第一個拿到借物比賽的題目，但他才看了一眼，整個人忽然不動了。

眼看廚同學和其他選手接連追了上來。

「野田同學?!」

我忍不住喊了起來。這時他才終於抬起了頭，像是下定決心似地往前直衝——直線朝著我的方向衝過來。

「粉紅戰士，快過來！」

「咦？我嗎?!」

我還沒搞清楚狀況就被野田同學牽住了手，為了追上他的速度而死命動著自己的腳。

題目到底是什麼？園藝社員？不起眼的人？

難不成是喜歡的——不，那是不可能的，才不會發生那種事。

野田同學一心向前地拉著我前進。我當然跟不上他的全力衝刺，所以他應該有配合我的速度偷偷做出了調整吧。

身高明明是我比較高一點，但我忽然發現野田同學的手其實非常大。

周圍的景色不斷向後退去。

只有我鼓譟的心臟，還有兩人喘氣的聲音莫名響亮。

其他選手似乎也陷入了瓶頸，最後還是由我們率先衝過終點。

『現在開始確認題目——』

我一邊調整自己急促的呼吸，一邊等高嶋同學念出野田同學題目紙上的問題。

心臟之所以跳得這麼快，一定是因為剛剛全力奔跑的關係。

野田

『大和，也就是野田選手的題目竟然是！喜歡的——』

喔喔喔喔喔！全校學生都興奮起來了。我感覺所有血液都衝到了臉上。

騙人的吧?!怎麼可能……

『名字的人！啊～「聖」這個姓氏的確很罕見呢～』

「啊啊，黑戰士的真名和紫戰士的名字也讓我覺得很猶豫，不過粉紅戰士以毫釐之差拿下了第一名。」

…………我就知道！

就在我鬆了一口氣的時候，其他選手也接連抵達終點。

這麼說來廚同學呢……？我左右張望了一下，發現他竟然敬陪末座，看來似乎沒能拿到題目要求的物品。

「嘖……」廚同學滿臉厭惡地嘖了一聲，回到自己的座位。

一張揉得皺巴巴的紙片，從他口袋裡掉了出來。

「廚同學，你有東西掉了——」

「！」

我撿起來叫住他時，廚同學立刻露出焦急的表情，從我手裡搶過紙片。

看到我訝異地張大嘴巴，廚同學瞬間有點尷尬似地皺起眉頭，但還是迅速轉過身去，快步離開。

……什麼狀況？剛剛那個，是借物比賽的題目紙。

雖然只瞄了一眼，但我很肯定上面寫的是「吉他」。

從轉學第一天開始，廚同學每天都會背著吉他盒上學，就連今天也不例外。

大概是被人發現他其實只要有心準備一定拿得到，只是懶得跑到教室拿東西……所以覺得很尷尬？

可是「吉他」本來就是強人所難的題目，就算真的跑去教室也幾乎肯定會最後一名，根本不需要覺得不如人。

還是說他有其他理由或祕密？

上午最後一個項目「土風舞」，是先排成幾個巨大的圓形，然後男女一組輪流跳舞的「奧克拉荷馬混合舞」。

「現在還跳這種舞的學校大概只剩我們了吧？學校好像很期待讓學生跳舞，真是有夠無聊。」

——九十九同學批評得很難聽，不過如果有喜歡的對象，就有機會和對方牽手，相信對部分學生來說是酸酸甜甜、讓人心跳加速的活動。

老師們似乎也相當投入，大家還在排隊的時候就不斷把其他班級插進原本的隊伍裡，或是把順序徹底打亂，大大提高命運因素。

「唷，粉紅戰士。」

肩膀被人拍了一下，我應聲回頭，發現野田同學排在我後面。

「咦？你為什麼在女生隊伍裡？」

「因為女生有兩個人缺席，老師拜託我過來這裡充人數。」

「哎？你不介意嗎？」

扮演女生角色不會覺得被羞辱嗎……野田同學完全不以為意地點點頭。

「我本來就沒什麼興趣啊。再說，無論何時都要向陷入困難的人伸出援手，這才是真正的英雄。」

他好像真的一點都不在意，讓我有點佩服。野田同學個子雖小，但是膽子很大，遇到這種場合也很有男子氣概。只要沒這麼中二的話……

當我越想越覺得可惜的時候，土風舞開始了。

配合著宛如牧歌般喚醒鄉愁的音樂，我們開始跳舞。但我馬上聽到後方傳來野田同學的低語。

「不好，我應該把這位子讓給黃戰士的……」

我隨即轉頭看過去。人龍的另一邊，臉色蒼白的高嶋同學正使盡全力避開和自己配對的女生的視線。表情因為高度緊張而不斷抽搐，像是做了什麼激烈運動般汗如雨下。

對高嶋同學來說，現在是酷刑時間呢……

「奧克拉荷馬混合舞」的跳法是每跳完一次，男生隊伍就會往前跨出一步，換成和下一個女生跳舞。

我沒有特別想和誰一起跳，所以只是腦袋放空地做著同樣的動作……

「喔，下一個是聖瑞姬嗎。」

後面的人抓住了我的手，同時傳來一陣耳熟的低沉嗓音。

「中村同學。」

「像這樣集體做出相同動作，讓我想起前世曾造訪古魯多村，還在那裡舉行了惡魔召喚儀式……」

儀式！聽起來真可怕。

「雖然我獨自一人便足以召喚出一兩隻惡魔……乾脆直接在這裡進行召喚，把這個無聊至極的祭典徹底消滅算了……」

中村同學露出陰鬱的眼神，喃喃說出詛咒的話語。看來他是真的很討厭體育祭……

跳舞對象輪到了廚同學。他還是一樣面無表情，懶洋洋地跳著舞。即使如此，他還是散發出一股莫名的性感氣息，可以理解大家為什麼會興奮成那樣。

要不要問他剛才那個吉他的問題呢……我還在考慮時，一個冷漠卻帶著少許甜膩的低沉嗓音搶先傳了過來。

「乍看之下明明這麼普通。」

「……什麼東西很普通？」

「妳。」

「我本來就很普通吧？」

我搞不懂他的意圖，皺著眉頭往上一看，正好看見廚同學發出一聲冷笑。

「有辦法和那些傢伙來往的人怎麼可能普通，絕對是個怪人吧。」

「什……」

他那過分的態度害我一時說不出話來，音樂也在這個時候忽然停止。不論開始或結束，土風舞的音樂真的都太突然了。

「咦？到這裡就結束了……？」

聽到有人這麼說，我回頭一看，發現正後方和野田同學牽著手的九十九同學整個人呆立在原地。啊，原來下一個輪到九十九同學。

可是他為什麼一副大受打擊的表情？

「——喔。零，原來是這麼回事啊？」廚同學忽然樂不可支地閃動著目光。見狀，九十九同學像是被抓住痛腳一樣，整張臉抽搐起來。

「你在說什麼？」

看到聲音提高八度的九十九同學聳著肩膀，廚同學露出不懷好意的笑容。

「不必裝傻啦，你還真是不坦率。」

其實他超級喜歡土風舞之類的？

反正九十九同學性格扭曲也不是一天兩天的事了。不過這麼開心的廚同學，好像還是第一次看到……

我還在胡思亂想的時候，下一首曲子開始了，是「水舞麥姆麥姆」。

牽起左右兩邊人的手，配合快節奏的音樂踩著舞步。一輪大概三十秒的簡短樂句，彷彿永無止境似地反覆播放，當你覺得應該要結束的時候，就會回到開頭繼續下去。

說真的，這到底要持續到什麼時候……

這麼說來，niconico動畫網站好像把這種搭配同一首曲子無限迴圈的動畫，稱為「麥姆麥姆」的樣子？

原來如此，是這個意思啊……就在我理解選曲理由的時候——

「原來如此，所以才選『水舞麥姆麥姆』……」

廚同學在完全相同的時間點輕聲說出這一句話，讓我嚇了一跳。

「什麼東西『原來如此』？」

我忍不住追問，但廚同學馬上繃緊了臉，厭煩似地撇過了頭。

「……沒什麼。」

雖然我也不是什麼熱情的人，不過他真的要控制一下他的冷漠。

午休時間結束，下午的活動隨之揭幕。

火熱的啦啦隊比賽後，是社團大隊接力賽。

運動社團的社員們各自換上自己的制服，足球社就用足球，棒球社就用球棒代替接力棒，進行接力賽跑。

大概是故意追加的障礙吧？田徑社的接力棒換成了鉛球，看起來好重。最讓人憐憫的社團則是裝備全套護具的劍道社，還有穿著泳裝的游泳社。不過意外的是所有人都樂在其中。

真有意思～當我滿心以為自己只是個旁觀者的時候……

「真希望明年我們也能穿全套戲服登場！」

說出這句話的野田同學眼中閃著興奮的光芒，害我嚇得全身顫抖。

這丟臉程度根本不是游泳社比得上的！話說回來，原來英雄社是運動社團嗎?!

看來無論如何都必須讓廚同學獲得勝利了……！

順帶一提，我在這場體育祭上參加的項目，是由所有沒參加選手競賽的學生們組成的賽跑，俗稱「雜魚賽跑」。

因為只有那些不擅長運動所以當不上選手的學生（雜魚）參賽，才有了這個俗稱。雖然過分，說服力卻異常地高。

結果我在六人當中獲得第三名，成績相當不錯（自家測試結果）。

拿棍子遊戲、拔河比賽、滾人球、蜈蚣賽跑……在大家熱情的聲援下，比賽項目熱熱鬧鬧地進行著。

『下一個項目是「放手一搏！吃麵包賽跑」。』

到目前為止的戰績是二比一，由廚同學領先。如果高嶋同學在這個項目輸了，英雄社（暫定）就確定敗北。

我深吸一口氣，發自內心地送出聲援。

「不能輸啊，廚同學——！」

「聖！妳這背叛者……！」

高嶋同學送來充滿恨意的視線。

抱歉了，這可是事關我的未來啊。

我都快忍不住想用「能力」來支援他了……不過這樣有違原則，所以我不會這樣做。

「各就各位。預備——」

砰！槍聲搶起，選手們紛紛衝出起跑線。

領先的兩人有著橄欖綠髮色和金黃色髮色——喔喔，高嶋同學明明是個宅男，速度竟然這麼快！啊，這大概是偏見。

互不相讓的激烈競爭，瞬間點燃了觀眾的情緒。

「贏過他！智樹——！」

「高嶋——，」

「「廚同學加油——」」

兩人都緊咬牙關，露出認真的眼神，將力量發揮到極限的肉體上閃爍著汗水。

不只廚同學，連高嶋同學都難得露出帥氣的一面。那嚴肅的表情讓我瞬間忘了自己的立場，忍不住對著他大喊「加油……！」。

可是廚同學漸漸開始領先。可能是體力問題吧。

跑完半圈後，第一名是廚同學，第二名是只有些微差距的高嶋同學。率先抵達吊著麵包的區域的人，終究還是廚同學。為了用牙齒扯下尚未開封的麵包，他開始不斷跳上跳下——可是一直沒抓好時機。

話說回來，他為了扯下吊在半空中的麵包而努力奮鬥的身影，看起來實在有點滑稽。就在我思索著，這樣會不會破壞廚同學的粉絲心中的形象時——

「討厭——廚同學好努力啊！」

「嘴巴一開一合的真可愛！加油——」

「這是珍貴畫面啊！快拍起來、快拍起來！」

……反而更受歡迎了。

「可惡，廚那傢伙，竟然被人這樣吹捧……」

「帥哥爆炸吧帥哥禿頭吧帥哥滅絕吧……」

同時，我看到另一群眼神黯淡無光、口中不斷喃喃自語的男生。

「他們是我們班上最近出現的不受歡迎同盟『無名怨憤』的成員喔。」

一旁的下川同學注意到我的視線，幫我做了說明。哪來這麼悲哀的同盟啊。

「黃戰士！你快仔細看那個麵包——！」

野田同學忽然大喊出聲，而高嶋同學竟然應聲出現了非比尋常的加速。

發生什麼事？我凝神細看吊在高嶋同學前方的麵包，那是外包裝印著美少女圖案的「AI Live！」麵包。

竟然還有賣那種商品嗎！

「這是黑戰士的提議。」野田同學豎起了大拇指。幹得好啊，中村同學。

「唔喔喔喔喔喔喔喔喔喔喔喔喔！」

高嶋同學發出聲勢驚人的吼叫，以鬼神般的表情朝著麵包突擊。

當然，所有看到這一幕的女生通通倒退了三步。

高嶋同學高高一跳，咬住麵包用力一扯，接著再以相同的氣勢開始最後衝刺。這就是御宅族的執念啊……！

同一時間，廚同學也總算咬住麵包，以驚人的高速衝了出去。

兩個人都好快！

高嶋同學大概是透過「AI Live！」麵包獲得了燃料補給，只見他的速度幾乎跟剛出發時一樣快。

廚同學也看不出有任何變慢的跡象。兩人看起來像是同時衝過了終點線。

結果會是——？

『比賽結果公布，依序是紅隊、紅隊、白隊、白隊，第一名是高嶋智樹同學。』

高嶋同學贏了……！

氣喘吁吁的廚同學一臉不甘心地擦著頭上的汗水。至於高嶋同學——

「太好啦！抽到小空良——！壓倒性勝利！！S——☆」。

他正欣喜若狂地用臉頰摩擦著剛剛從麵包塑膠袋裡抽到的贈品貼紙。

難得這麼帥氣的說……真是讓人遺憾到極點的人啊……

「——就用騎馬打仗來分出勝負吧！」

露出認真表情的野田同學叉起雙手，眼中閃動著莫名開心的光芒，如此發出宣言。

配合雄壯的樂曲，四人一組的男生們接二連三地進場。

全學年的男生都必須參加的大決戰騎馬打仗，是皆神高中體育祭的最後一個項目，同時也是最有看頭的重頭戲。

關於廚同學和英雄社（暫定）之間的比賽，

・在團體賽存活到最後一刻，且拿到最多頭巾的人獲勝。

・如果那個人是英雄社社員（暫定）就算英雄社（暫定）獲勝，如果是廚同學就算廚同學獲勝。

……好像是用這個規則進行的。

這麼一來，人數較多的英雄社（暫定）不是比較有利嗎……？我有提出這個疑慮，但廚同學卻二話不說地答應了。

他露出冷漠卻閃耀著強烈光芒的眼神這麼說：「反正我一定會拿到第一名。」

只有二年級男生參加的個人賽事告一段落，團體賽即將開始。

咚咚咚咚咚……連聲作響的和太鼓及法螺貝的聲音響起，各自擔任雙方應援團長的隊長也放聲吶喊起來。

「衝啊，紅隊——！」

「白隊，突擊——！」

隨著他們的嘶吼，分站東西兩側的軍隊也開始進行交戰。

「喔喔喔喔喔！衝啊，你們幾個——！」

興奮到滿臉通紅的野田同學持續爆發熱血，而擔任馬匹的高嶋同學也出聲回應。

「沒問題，大和！突擊！」

野田同學隊挾著鶴立雞群的強大機動能力，直接衝入敵陣。

廚同學、九十九同學和中村同學也都擔任騎手站在馬上，各自朝著戰場而去。

「哼哼，一開始就讓那些弱小隊伍們互相殘殺即可。等到看清整個戰局後，再由我這個擁有最快速度的九十九翩然登場——喂！等等！你們幹嘛擅自往前衝啦！」

九十九同學臉上原本帶著令人不快的笑容，但是當他發現背著自己的男生們朝著戰場正中央直衝，馬上尖著嗓子慘叫起來。

「等一下！幕後黑手突然跑到最前線未免太沒常識了——」

「團長不是說『一年級在初期階段就要猛攻』嗎。」

「別害怕，九十九，要衝了！」

「等等，我還沒做好心理準備……呀啊——！」

擔任馬匹的男生們絲毫不理會九十九同學的制止，直接朝著敵軍馬匹衝過去。

畏畏縮縮的九十九同學馬上遭到反殺，被人搶走了頭巾。

的確是速度最快的人呢……失去頭巾的速度。

「這股讓皮膚微微刺痛的殺氣，這股昂揚感……為何會和過去布魯威德大橋之戰如此相像……？更重要的是右手這份疼痛……唔，吉爾迪巴蘭，你也產生感應了嗎？那場悽慘卻又無比動人，讓人無法忘懷的終局之戰的夕陽殘照——」

中村同學也站上了戰場前線，但他從頭到尾一直低聲說著意義不明的話，感覺實在很詭異，所以完全沒人接近他。

畢竟他的運動神經就是那副慘狀，體格也比一般男生更纖細，看起來一點都不強。不過照這樣看來，搞不好他可以順利活到最後……我才剛閃過這個念頭，就看到一組人馬朝著他直衝而去。

「中村，你的頭巾我就收下了！」

「廚二葉……你竟然毫不猶豫地衝進我的領域，我就承認你這份膽量吧！」

中村同學哼地一聲冷笑，推了推鼻梁上的眼鏡，隨後一邊動手結印一邊低聲詠唱咒文。

「詛咒的炎獄之獸，徘徊的冥界亡者，在此獻上脆弱至極的祭品，換取汝等之爪牙與利齒——」

「給我吧。」

中村同學還在全神貫注地念咒時，廚同學隨手一抓，就搶走了他的頭巾。

「什麼……咒文才念到一半耶?!廚二葉，你太卑鄙了……！」

「是你自己破綻百出的。」

看著緊咬嘴唇的中村同學，廚同學若無其事地拋出這句話，隨即離去。

真是再正確不過了。

廚同學有時單獨衝鋒陷陣，有時加入友軍合作，一邊注意整體局勢一邊穩定增加頭巾的數量。現在，他正和新的敵人對峙，進行著激烈的攻防戰。

啊，敵方又來了兩組人馬，準備從背後襲擊廚同學。他完全被包圍了。

危險！頭巾要被搶走了——！

在這個緊張到忘記呼吸的瞬間，從廚同學後方發動偷襲的兩組人馬，忽然被某個突然闖入的隊伍接連搶走了頭巾。

在危急關頭出手相助的那個隊伍——竟然是野田同學和高嶋同學?!

「你們為什麼……?!」

制服了眼前的敵人才回頭的廚同學，也驚訝地瞪大了眼睛。

如果從整體來看，幫助同為紅隊的同伴是再理所當然不過的事。但現在進行的可是賭上英雄社（暫定）存亡的比賽啊，為什麼要這樣做？

「我也很驚訝，不過大和說就算因為這樣獲勝了，感覺也一點都不痛快。」

高嶋同學嘆著氣苦笑起來。

「畢竟我們人多，本來就是比較有利的那一方啊。」

野田同學直視著廚同學的眼睛，說出這番話。

在危急之時，他心中的正義感做出了這樣的決定。

喔喔，這其實有點帥耶……但這份感嘆也只存在了幾秒鐘。

「所以，接下來就讓我們光明正大地——單挑吧！」

語聲一落，野田同學一行人便朝著廚同學衝了過去。喂喂喂喂喂?!

「等等，為什麼野田他們在攻擊廚同學？」

「還不住手，笨蛋──！」

一旁聲援的女生們開始騷動。就是說啊，你們姑且都是紅隊的耶?!

而且先不論野田同學和高嶋同學，另外兩個擔任馬匹的人為什麼跟著起鬨？

就在我產生這個疑問的時候──

「「帥哥爆炸吧帥哥禿頭吧帥哥滅絕吧……」」

我才發現另外兩個擔任馬匹的人是「無名怨憤」的成員。

這個班級真的不要緊嗎？

「嘖……OK，Stupid Boys！既然這樣，就由我來對付你們吧！」

廚同學似乎也下了決心，決定接受對方的挑戰。

「抱歉了，綠戰士，我可不會手下留情。看我把你打飛到宇宙的盡頭！」

說完固定的耍帥臺詞，野田同學展現出他們的強大機動力，迅速繞到廚同學

野田
二度寝最高

的側面。

廚同學一把揮開他伸出的手，反過來發動攻勢。

野田同學迅速躲開，再次伸出自己的手；然而這次換成廚同學側身迴避，再次順勢發動攻擊。不過野田同學很快就抓住了廚同學的手腕，用另一隻手做出攻擊——結果又換成廚同學抓住野田同學的手，封住對方的攻勢……

好厲害，這就是不讓對方有任何喘息機會的攻防。

……如果不是發生在同一個隊伍裡，肯定可以點燃整個會場的氣氛吧……

那些人到底在幹嘛？周圍的人通通愣住了。

然而雙方當事人之間則是越來越白熱化。兩人都使出全力緊抓對方的手，在極近距離互相瞪視對方的臉，各自露出興奮的狂妄笑容。

「不錯嘛，綠戰士，真不愧是我相中的人……！」

「啊啊，真是不錯的Groove，野田。我就是為了貪求這鮮少降臨的瞬間，才活在這個世上——」

嗯嗯？廚同學？總覺得情緒好像有點……

在我懷疑自己有沒有聽錯的同時，廚同學也猛然回神似地閉上嘴巴。

野田同學並沒有錯過這個空檔。他用力甩開廚同學的手，迅速搶走了他的頭巾。

「糟了……！」

「——拿到啦啊啊啊！」

「幹得好！大和！」

「「太好啦！粉碎帥哥了——！」」

廚同學說不出話來。一旁則是高舉著頭巾做出勝利姿勢的野田同學、發出勝利吼叫聲的高嶋同學以及「無名怨憤」的兩人。

下一秒鐘。

「「「你們到底在幹什麼啊——！」」」

蜂擁而至的老師們和應援團團長所發出的震天狂吼，重重落在他們身上。

小空良～
ゼェ
ゼェ

第四章 來吧，讓我聰明地抱妳

「真奇怪……」

野田同學吊掛在社團教室裡的吊掛式健康器材下方，自言自語起來。

「為什麼完全沒有人提出委託……？」

野田同學他們在體育祭上獲得勝利，所以廚同學依約加入社團，野田同學念茲在茲的英雄社總算正式成立。

成立後的頭三天，我們都在幫社團教室大掃除，同時把學校裡原本貼的招募海報換成「如果有任何奇妙事件、謎團或困擾，通通請洽英雄社！」的紙張，也有在校門口發傳單，努力進行宣傳活動──之後過了兩星期。

野田同學所期待的大事件完全沒發生，委託人掛零。

英雄社閒到沒事可做。

其實這種搞不清楚在幹嘛的社團竟然能獲得學校承認，已經很讓人意外了……校方好像是看到「幫助困難的人」這一部分，所以擅自解釋成志工團體之類的活動。

不過話說回來，就算真的發生什麼事，也不會有人想跟這種詭異的社團扯上關係啦——

「啊，聖，我也想喝茶。」

「可以一起拜託妳嗎？」

「翠綠聖水嗎……我就收下吧。」

我在簡易摺疊桌前用自己的茶壺倒了綠茶，結果躺在旁邊滑手機的高嶋同學、同樣躺著看雜誌的九十九同學，還有在隔壁簡易型書桌前攤開哲學書的中村同學接二連三地舉手。

這間位在社團大樓最裡面的教室，以前是將棋社（去年廢社）的社辦，進門後有四分之一是普通地板，但裡面的另外四分之三則是榻榻米。

——沒錯，榻榻米！這真是太棒了。

至於明明沒有什麼特別的事，大家也每天都在社團教室露臉的原因，正是因為這裡是放學之後可以自由放鬆的優秀地點。

背面一整面牆都是窗戶，只要放晴就會照入明亮的陽光，氣氛也很不錯。

剛開始，這間教室裡的設備只有將棋對局時使用的三張簡易型摺疊桌、白板、書櫃和小型置物櫃。

至於現在，則有野田同學的啞鈴和吊掛式健康器材（好像是從垃圾場撿的），高嶋同學的「AI Live！」海報和布娃娃，每人各自的坐墊、書本、漫畫等各式各樣的私人物品，變得亂糟糟的。

廚同學甚至在社辦最裡面放了專用沙發、邊桌和個人電腦，完全形成一個私人空間……這富豪到底是怎麼回事。

而我則是把沉睡在家中櫥櫃深處的快煮壺、茶葉還有在百元商店湊齊的泡茶器具帶了進來。從此之後，大家各自帶來的專用馬克杯就成了必備之物。

「——不行，和平的時候更應該努力鍛鍊！」

自言自語結束後，野田同學在普通地板處張開雙腳站好，深吸一口氣，雙手開始緩緩劃圓。

「哈啊啊啊啊……閃光雷擊！」

「Shut up！」

野田同學發出巨大喊聲，原本坐在專用沙發上盯著電腦看的廚同學大聲吼了回去。

「要吵鬧就去外面吵！」

「今天在下雨啊。不對，這種天氣在外面嘗試反而更容易成功……你是這個意思嗎，綠戰士？」

「鬼才知道，話說你那招式又是什麼玩意？」

「是我正在開發的新必殺技！可以操縱電氣和雷擊喔，很帥吧？」

「你是白痴嗎？」

廚同學狠狠地劃清界線，但野田同學似乎不以為意。

不僅如此，他甚至有點開心似地露出微笑，凝視著廚同學。

「……你幹嘛偷笑？」

「沒有啦……只是說了這麼多，綠戰士也還是每天都到社團教室報到啊，已經完全是我們的同伴了呢！」

「啥？我要是不來，你們又會一直糾纏不清吧？那樣實在很煩人，我是不得已才過來露臉的。」

廚同學立刻皺著一張臉提出反駁，而野田同學似乎還想對他說些什麼。這時——

叩叩。

聽到敲門聲，野田同學瞪大了眼。

「不好意思，打擾了——」

社辦大門應聲開啟，進門的是同班的下川同學，以及另一個戴著眼鏡的女同學。

「發生什麼事件了嗎?!」

才剛開門就看到野田同學幾乎整個人飛撲上來迎接，兩人被嚇得縮了一下。

「與其說是事件，其實是有件事想拜託你們幫忙……」

竟然是第一個委託人……嗎。

「是嗎，歡迎妳們來到英雄社！」

我帶著兩人走上榻榻米，坐在摺疊桌前。

「請用。」

正好我泡了茶，所以就把我自己的水藍色茶杯和九十九同學迷幻風格的貓咪圖樣茶杯端了出去。

順帶一提，野田同學是超人力霸王馬克杯，高嶋同學是「AI Live！」，中村同學則是上面有龍形圖案的黑色馬克杯，廚同學是上面有類似鎖鏈花紋的純白杯子。但仔細一看那個純白杯子，就發現上面有我這個不熟悉的人都聽過的高級品牌標誌。不要把定價超過一萬日圓的馬克杯帶來社團教室啦！

……諸如此類，總之都不是可以拿來招待客人的杯子。

下次再去百圓商店買備用杯子吧。

「謝謝妳，瑞姬。」

下川同學一看到我，馬上露出如釋重負的笑容。但其實我們並沒有那麼親近，想必因為我是這群人中最好溝通的人吧。

「不客氣，今天怎麼會來這裡？」

「那個，其實我是話劇社社員，這位是社長和泉學姐……」

在下川同學的引見下，坐在旁邊的戴眼鏡女同學接著說了下去。

「初次見面，我是3年D班的和泉杏夏。因為聽下川學妹介紹，所以想當成最後一根救命稻草過來麻煩妳們。老實說，我們話劇社正面臨著存亡危機。」

和泉社長點頭致意後，以流暢的口吻解釋了起來。

真不愧是話劇社，聲音非常嘹亮。

「原本我們話劇社共有七名社員進行活動，沒想到今年暑假竟然有兩名社員轉學了。」

一次走了兩個人？還真是令人難過……這麼說來，我們班上轉走的脇屋同學好像就是話劇社的。

「再加上上星期有一名社員因為車禍嚴重受傷，需要三個月才能痊癒，所以不得不暫停社團活動。」

「……話劇社沒問題吧？要不要去驅個魔比較好……」

高嶋同學用一種聽不出是開玩笑還是認真的口吻加以吐槽，而社長則是一臉認真地回應「有預定近期和所有剩餘社員一起去神社」。

「現在還有參與活動的社員剩下四個。皆神高中的規定是，不管什麼社團，只要社員低於三人就會馬上廢社。」

原來有這個規則。他們還多了一人……算是安全上壘。

「此外，為了讓三年級專注在考試上，還有一個規定是高三生的社團活動只到十二月，之後必須退出。雖然話劇社的三年級社員只有我一個……」

「這樣不就卡進死胡同了嗎?!」

「就是說啊！」

和泉社長老實地附和，眼中含淚。

「等到十二月，話劇社社員就會自動降成三人，所以在此之前無論如何都必須獲得至少一名新社員。不過——」

看著沒有說到最後的中村同學，九十九同學聳著肩膀幫他說完。

「大概沒有人會在這種不上不下的時候加入社團吧。」

「你說的沒錯。我們至今也做了許多募集活動，卻沒有半點成果。可是，因為這些事情就要廢除擁有悠久傳統的話劇社，實在太沒道理了。所以我們和學生會談判，他們提出了一個條件，那就是——『只要在一個半月之後的文化祭上獲得人氣投票第一名，就讓話劇社的活動時間延長到明年五月』這樣。」

也就是把機會延長到明年的新生入學。

「可是，話劇社過去從不曾在人氣投票獲得第一名，所以想拜託各位幫忙。」

社長以熱切的眼神看向我們所有人，隨後低下頭這麼說。

「拜託各位——和我們一起站上文化祭舞臺，拯救話劇社！」

「……就算答應幫忙，但我們的演技都是外行人等級耶？」

高嶋同學皺著眉頭提出這一點……從剛剛開始，他和女生說話的態度都滿普通的，看來只有他視對方為戀愛對象或是被人視為戀愛對象，還有發生身體接觸的時候，他才會陷入恐慌。

「我知道。可是我們學校的文化祭上有數不清的店鋪和活動，想在其中獲得第一名，最重要的就是必須聚集話題人物，讓人願意過來觀賞。而你們——擁有這份力量。」

原來如此……這群人在校內的知名度的確是數一數二。雖然都是一些奇人怪人問題兒童就是了。

先不論原本就有優勢的高嶋同學和廚同學，另外三個如果光看外表，素材等級也算相當之高。

「更重要的是——你們擁有身為演員最強大的武器，那就是『光環』！」

「……！」

社長這句話一說完，所有中二病男孩們紛紛漲紅了臉。

「……的確，只要有我這個驚為天人的美男子出馬，女性觀眾的數量肯定非同小可。」

「不論潛藏在黑暗中多久，都會被巨大的時代潮流帶上歷史的舞臺……這難道就是擁有力量的人無可避免的命運嗎？」

「我早就習慣欺瞞他人了，不管什麼角色我都有自信能演出來喔？呵呵，果然不管我再怎麼壓抑這份天賦，終究還是壓不住啊……」

所有人都非常明顯地得意忘形起來……只有廚同學露出冷漠的眼神望著他們。

「妳的狀況我懂了，妳熱切的想法也傳達過來了——」

野田同學握緊拳頭，發出宣言。

「交給我們吧！我們一定會在文化祭上奪得第一名——把邪惡的學生會打飛出去！！」

不不，學生會並沒有錯好嗎？不要擅自把人家當成壞人啊——！

隔天放學後，我們便決定前往話劇社。

「在這邊——」

在下川同學的帶領下，我們來到話劇社用來當成練習場地的空教室。

「歡迎！真是太感謝你們過來了。」

戴著眼鏡的和泉社長滿臉笑容地迎了出來。

「自從確定獲得各位的幫忙後，我腦中的靈感一直冒個不停！相信明天之前就能把劇本完成了喔。」

「只花兩天……?!社長真的幹勁十足呢！」

「那當然，畢竟聚集了這麼多不同類型的美形男生啊。這麼一來舞臺一定會很華麗～」

看著瞪大眼睛的下川同學，社長呼呼呼呼地笑了起來。

昨天提出委託的時候，她的表情非常嚴肅，不過實際上可能是個意外熱血且容易興奮的人也說不定。

「初次見面，我是2年D班的齋藤，擔任副社長。」

「我是2年F班的岡部，主要負責幕後工作。」

一個短髮的高個女生，還有一個體型圓潤、眼睛半睡半醒的男生向我們打招呼，於是我們也依序進行自我介紹。

「——那麼，關於文化祭戲劇的內容，我現在構思的故事大綱是讓多位童話公主一起合作，拯救被魔女抓走的王子殿下。」

喔——好像很有意思。

「角色分配大概是這樣。沒有寫到名字的人負責路人角色還有幕後工作。至於有拿到角色的人，只要有空也要協助幕後喔。」

社長拿著粉筆在黑板上迅速地書寫。

白雪公主……………高嶋智樹

灰姑娘……………中村和博

姆指姑娘……野田大和
睡美人……廚二葉
魔女……下川美咲
王子……齋藤由依
王子的馬……九十九零

「所以是男女角色交換嗎？」

「沒錯，在視覺方面也很有趣，對吧？這次我們將會徹底朝著娛樂路線前進。」

在眼鏡鏡片之後，社長的眼中閃過一道光芒……的確，想要用上他們，這種喜劇搞笑路線肯定是最合適的。

「話說為什麼我是馬……不是應該要演魔女嗎?!」

難以掩飾震驚之情的九十九同學這麼一問，社長立刻瞪著眼睛大喊。

「你在說什麼，馬可是主要角色耶！牠的定位之重要，說是地下主角也不為過。」

「……真的是這樣嗎？」

即使是九十九同學也覺得半信半疑，但社長堅定地點頭表示「就是這樣！」

「本來根本沒必要出現的『王子的馬』為什麼一定要出現——希望你能從這個角度去想。既沒有臺詞，也沒有活躍的場景，純粹只是披著戲服站在王子旁邊……如果能讓這種配角中的配角展現出任何人都無法模仿的存在感，那才是真正的名演員。這可不是人人都能做到的事啊。」

……不管怎麼想都只是個搞笑角色而已吧……

「不是有句俗話說『神都躲在細節裡』嗎？這就是可以左右整個作品優劣的幕後支配者，終極的冷門角色，生殺大權通通掌握在你手上。」

「神都躲在細節裡……幕後支配者……終極的冷門角色……！」

雖然這番說明聽起來很勉強，但這些句子似乎正好戳中了九十九同學的喜

好。他臉上露出了滿意至極的微笑，開口這麼說。

「哎呀呀，真是沒辦法……看來這個角色的確適合我。更正確來說應該是只有我才能辦到——不過話說回來，社長妳真的很有看人的眼光呢。」

……嗯，這一點我深感同意。

「不好意思，我不上臺。」

廚同學忽然舉手表示自己有異議。

「綠戰士?!」

「我絕對不要跟這些中二的傢伙一起上臺。要是被別人誤會我跟他們一掛，我會很困擾的。」

廚同學一邊用銳利的眼神看著另外四人，一邊斷然拒絕。

他加入英雄社時其實還有提出另一個條件，那就是「不准在社辦以外的地方找他說話」。

野田同學心不甘情不願地接受了條件。原來如此，他是真的完全不想跟他們扯上關係啊。

……可是社團活動時間卻會乖乖出現，該說他是一板一眼還是認真負責呢？

「但是英雄社已經答應協助話劇社了……你也是英雄社的其中一員吧？」

大受打擊的野田同學整個人湊上去追問，一臉嫌棄的廚同學則是繼續開口。

「聽好，雖然不情願，但我還是會幫忙，只是不上臺。」

「……意思是你想做幕後工作？」

社長這麼一問，廚同學默默地點頭。

「咦咦～好浪費喔，這樣的長相竟然要退居幕後……」

下川同學這麼說，其他話劇社社員也紛紛表示同意，但廚同學完全不打算改變心意。

「……沒辦法。好，那我刪掉一位公主，重新修改一下。就麻煩廚同學幫忙幕後工作了。」

「好。」

口頭上雖然回答了，但廚同學馬上麻煩透頂似地輕嘆一口氣，撇開了視線。

「那麼，既然角色都已經決定了，我們就從基礎練習開始做起吧——！」

話劇社的基礎練習，首先是在教室裡進行柔軟操和肌肉訓練，包括仰臥起坐、背部拉筋各五十下，伏地挺身二十下。

之後就到屋頂上大聲喊出「啊——」、「啊、啊、啊、啊」、「啊欸咿嗚欸喔啊喔……」之類的聲音進行發聲練習，還有快速說出「四十四隻石獅子」之類的繞口令練習。

我負責的是幕後工作，所以旁觀就好……本來以為會是這樣，不過社內規定是所有社員都要參加，所以我也被強制要求一起練習。

理由則是因為幕後人員在發出指示時的聲音也必須足夠嘹亮，也必須鍛鍊體力搬運大型道具。只是對我這個平常不太運動的人來說，肌肉訓練真的是個難關。

仰臥起坐頂多十次，伏地挺身三次就是極限了……不過中村同學兩種都做不到一次。

發聲練習也因為覺得難為情，總是喊不出來，最後被社長指責「用更多腹部的力氣發出聲音！」。

好不容易突破肌肉訓練的中二病男孩們，也在發音和咬字練習階段被狠狠打槍，重複了好幾次。

「啊——」

「聲音太小了！」

「啊——」

「你真的有吃飯嗎？」

「啊——」

「朝著空中打開你的喉嚨，用腹部發出聲音！」

就算他們要擔任演員，指導一樣毫不留情。

「首先要讓聲音傳出去，否則不論你的演技多好、內容多有趣，都會完全失去意義。總之聲音要夠大！發音要清楚！為了提高肺活量，從明天的晨練開始追加慢跑！」

第一天幾乎只做發聲練習就結束了。

……我們學校的話劇社其實意外的斯巴達？

「我是白雪公主。在森林裡和七個小矮人一起生活，不過差一點點就被死在邪惡的魔女手上……是王子拯救了我。我對王子一見鍾情，王子也一樣……他還說將來一定會回來迎接我，但是這半年來音訊全無……呃……」

「『就在這個時候，我聽說了王子被那個魔女抓走的傳聞』。」

看見忘詞的高嶋同學左右游移的眼神，社長做出提醒。

「就在這個時候，我聽說了王子被那個魔女抓走的傳聞。」

「哎呀，真是巧。我是灰姑娘，是在城堡舞會上遇見了命運的另一半。跟你一樣，我也聽說了王子殿下被魔女抓走，正準備出發拯救他。」

「俺是姆指姑娘！」

「野田學弟，還沒輪到你。還有不是俺，要用『我』！」

被社長一番警告，野田同學連忙摀住嘴巴。中村同學再次毫無滯礙地念著臺詞。

「說不定是同一個魔女做出的好事，請告訴我她的特徵……不過在那之前，那邊那位，可以告訴我你的名字嗎？」

「我是姆指姑娘！……呃……」

雖然氣勢十足地改了自稱，但之後就說不下去了。

「『雖然差點變成蟾蜍、甲蟲、鼴鼠的新娘』。」

「雖然差點變成蟾、蟾蜍、甲蟲、摩斯拉……」

「不是摩斯拉，是鼴鼠！」

「不是摩斯拉，是鼴鼠！」

「不對！卡！」

直接複誦的野田同學終於讓社長看不下去，發出指令打斷練習。

拿到劇本已經一個星期了。

除了肌肉訓練、發音、咬字的基礎練習外，也追加了不看劇本的念臺詞練習。但高嶋同學和野田同學始終沒辦法完全記住。

至於中村同學，雖然他的確靠著強大的記憶能力完美記住所有臺詞……

「你們兩個要把劇本背得更熟才行。先跳到第二幕，灰姑娘在森林裡被魔物襲擊的那邊開始吧。」

聽到社長的話，中村同學先點了點頭，隨後哼地一聲露出諷刺的笑容。

「這可真是傑作。平常已經戴著『人類』這個假面具生存的我，竟然還要再戴上另一個面具，登上舞臺……」

「中村同學，你還好嗎？要開始了喔？準備……Action！」

吼吼吼——飾演魔物的岡部學長襲擊而來，灰姑娘中村同學一個轉身躲開，隨後露出狂妄的微笑。

「哼……你以為這點程度的攻擊傷得到我嗎？橫貫焦土的漆黑之颶風，驅逐萬物的奔流之御手，解放這個狂氣瀰漫的凶器十字架吧！以遠古契約為令，回應吾之召喚——闇黑十字龍捲風！」

「卡！卡！這一幕應該是拚命丟石頭趕跑對方才對吧？為什麼灰姑娘變得跟魔法師一樣了?!」

「……抱歉，我體內黑騎士的血不由自主騷動起來，身體就反射性地動了……」

「真是的，外行人就是這麼讓人傷腦筋。」

九十九同學一邊望著他們三人，一邊聳肩嘆氣……你也是，為什麼一個人坐在椅子上！以為自己是什麼大明星嗎？像導演一樣把針織衫綁在肩膀上面的行徑尤其令人火大。

「九十九同學，有空的話過來幫忙製作大型道具。」

「雖然沒空，不過要我幫忙還是可以的喔。」

你怎麼看都很閒吧？

幕後其實也有很多工作要做。

現在為了製作一種叫做「組合式背景」的布景，正用白膠水把報紙黏在一塊巨大夾板上。這道手續很麻煩，不過據說可以讓成品變得完全不一樣。

「這麼說來，馬匹的戲服已經做好了嗎？」

「對啊，簡單得很。要看嗎？」

九十九同學邊說邊拿出來的東西，是一匹不知為何有著班點的白馬。

「——這是什麼？」

「很新奇對吧？這是一隻擁有作弊般高速的馬匹，所以我試著用獵豹的花紋來表現。」

九十九同學得意洋洋地進行說明。這時他身後忽然伸來一隻手，把戲服抓成皺巴巴的一團。

「呀啊啊——！我的傑作！」

「這根本不是馬吧。」

廚同學把原本是戲服的東西丟到一邊，毫不留情地這麼說。

「重做。」

「啊？你以為你是誰啊？」

「至少是比你更高等的人。」

「暫停！不可以吵架！」

氣氛一下子變得十分糟糕，感覺他們隨時都可能打起來，所以我連忙介入。

「九十九同學，怎麼說呢……這匹馬對人類來說實在太難理解了，你還是做比較好懂的馬吧。」

我凝視著那對位在高處的眼眸，如此加以開導。九十九同學先是一副說不出話來的樣子，隨後低聲回答「……真沒辦法」，把頭轉向另一旁。

「廚同學也一樣，突然把東西弄壞，是不是太過分了一點？」

「……都是因為這傢伙把大家當成笨蛋耍。」

他嘖了一聲，再次回到貼報紙的作業上。

前途多災多難啊。這樣真的能好好演出一齣戲嗎……

又過了一週。

「哎呀，真是巧。我是灰姑娘，是在城堡舞會上遇見了命運的另一半。跟你一樣，我也聽說了王子殿下被魔女抓走，正準備出發拯救他。」

「俺是姆指姑娘！」

「野田學弟，還沒輪到你。還有不是俺，要用『我』！」

「說不定是同一個魔女做出的好事，請告訴我她的特徵……不過在那之前，那邊那位，可以告訴我你的名字嗎？」

「我是姆指姑娘！……呃……」

「『雖然差點變成蟾蜍、甲蟲、鼴鼠的新娘』。」

「雖然差點變成蟾、蟾蜍，甲蟲，摩斯拉……」

「不是摩斯拉……是鼴鼠……」

社長一邊訂正一邊垂下了肩膀，有氣無力地說了聲「卡……」。

先說清楚，我們絕對不是回到了過去，只是完全沒有進展而已。

「不管怎麼努力……都記不住啊……」

垂頭喪氣的社長摀住了的臉，不過下一刻她馬上大喊「現在還不能放棄！」，重新打起精神似地抬起了頭。

「現在放棄還言之過早！野田學弟，我會一對一貼身教你的，一起加油吧！」

「好的！麻煩妳了！」

野田同學似乎也充滿了幹勁……

「總之先寫一遍幫助記憶。一邊寫臺詞一邊念出來，就這樣不斷反覆背誦。」

「我知道了，師父！」

社長和野田同學在教室角落進行特訓，態度之嚴肅，簡直媲美考前複習。

「高嶋學弟雖然記住了臺詞，不過整體來說念得太快，容易變得單調。齋藤學妹，妳陪他一起念臺詞，順便進行演技指導。」

在社長的指示下，齋藤副社長應了一聲「好」，隨後轉身和高嶋同學面對面。高嶋同學整個人立刻僵硬起來，額頭直冒冷汗。

和不熟悉的女生進行一對一個人教學，對他來說負擔可能太大了。不過，要加油啊！

「中村同學的音量不夠，而且我很擔心你的體力能不能支撐到最後，所以這段期間先進行徹底的肌肉訓練吧。下川學妹會陪你。」

「咦……啊，好的。那我們走吧，中村同學。」

起初還有些呆愣的下川同學，隨即做好覺悟似地點頭回應，拉著臉色大變、口中喃喃念著「妳說……什麼……？」的中村同學一起出去慢跑。

「哈啊——這些東西，到底要做幾個才夠啊？」

「嗯——最少也要……」

拿著電鋸裁切夾板的九十九同學一聽到岡部學長說出來的數字後，就大喊了一聲「這麼多?!」，嘴角開始抽搐。

「大型道具的完成度越高，舞臺就會變得越華麗，給人的印象自然變得完全不同。所以在時間容許範圍內，我們要堅持做到最好。」

乍看之下睡眼惺忪的岡部學長，眼中止燃燒著熊熊熱情。

嗯——我記得衣服也要自己動手做吧？

雖然知道幕後工作並不輕鬆，不過真的完全是精神和體力的勝負呢……

這時，原本一直面無表情地敲著組合式背景的外框釘子的九十九同學，明顯嘆出一口巨大的嘆息。

又過了一個星期。

「我是姆指姑娘。雖然差點變成蟾蜍、甲蟲和鼴鼠的新娘……呃……我坐在燕子身上，來到花之王國，嗯……和王子見面……然後……咳噗！」

說話說得結結巴巴的野田同學，臉色變得越來越紅，最後發出一聲慘遭致命一擊的呻吟聲，整個人倒了下去。

「野田同學?!」

我連忙衝上前查看，發現他的額頭就像著火一樣燙。

「大和，振作一點！……這難道是知識熱……？」

雖然他拚命想記住臺詞，不過似乎用腦過度，讓腦袋過熱了。

「果然……不行嗎……？」

社長跪倒在地，兩手撐住地板。一旁的下川同學趕緊出言鼓勵她。

「可是社長，至少他記住鼴鼠了啊！」

「花了一星期貼身訓練只記到鼴鼠而已耶?!」

「真是驚人的笨蛋……」

九十九同學，不要跟著附和啊！這樣他太可憐了！

「可是如果是大和擅長的領域，他的記憶力可是很強的。大和！超人力霸王的身高、體重、飛行速度是？」

「四十公尺、三萬五千噸、五馬赫……」

聽到高嶋同學的問話，兩眼依然無神的野田同學瞬間回答。

「七號、衛司、太郎、雷歐。」

「微米～四十公尺、零～三萬五千噸、七馬赫；四十公尺、四萬五千噸、二十馬赫；五十三公尺、五萬五千噸、二十馬赫；五十二公尺、四萬八千噸、七馬赫。」

「假面騎士電王裡登場的假面騎士零洛斯，他的愛車叫什麼名字？」

「戰機零式號角！」

「超級戰隊系列第三十三代作品叫做？」

「侍戰隊真劍者！！」

回答問題的途中，野田同學的眼睛逐漸恢復了生氣，聲音也漸漸多了力氣和氣勢。

「——看吧。」

「只要有興趣……就記得住。」

社長皺著眉頭喃喃自語。她沉默了半晌，隨後一聲大叫「我知道了！」雙手重重放在野田同學的肩膀上。

「野田學弟，你就是姆指姑娘——『只用一根姆指就能把壞人打到天邊的正義公主』！」

「！」

「說話方式照你平常的樣子就行了。沒錯沒錯，難得有這麼多怪人——不不，這麼多個性十足的人願意幫我們，我們就來一同打造能夠充分活用這些個性的角色吧！不是普通的公主殿下，而是讓野田學弟更感興趣的設定……像中村學弟之前那種擁有異能的公主殿下也不錯。好，我來改寫劇本！」

「咦——?!」

社長這句話，讓現場所有人都嚇破了膽。

「可是距離文化祭只剩不到一個月了耶?!」

「只修改三個主角，基本故事的流程和場景都維持原樣，其他角色的臺詞也會盡可能不做任何改變，明天就可以完成劇本！」

社長的眼神是認真的。

「這個做法絕對更有趣！野田學弟、高嶋學弟、中村學弟，雖然這麼一來會增加你們的負擔……」

「沒問題！我想試著扮演那種姆指姑娘！」

「我也沒問題喔，感覺確實比較有趣嘛。」

「憑我龍翔院凍牙的頭腦與才能，區區劇本只要一晚就能輸入完成。」

其他話劇社社員也表示既然社長堅持到這種地步……都答應了。

「雖然時間不多，不過沒問題，一定行得通！一起加油吧！」

「「「好的！」」」

眼看情況開始變得有些熱血沸騰，我正呆呆地想著規模好像越來越大了呢！隨後馬上聽到門口傳來喀噠一聲。

我轉頭看去，剛好看到已經收好東西的廚同學正要跨出教室。

他發現大家都在看自己，於是冷冷地表示「已經是放學時間」，微微點頭後走了出去，緊接著放學鐘聲也響了起來。

廚同學一直都是這個樣子。只要放學時間一到，不管當時正在進行什麼事情，他都會立刻拋下不管，自顧自地離開。

可是這個時間點實在是……

「那傢伙搞什麼嘛，能不能看一下場合啊。」

九十九同學滿心厭惡地這麼說。而高嶋同學應了一句「真不愧是你的表兄弟」，現場氣氛頓時緩和下來，今天也就此解散。

「——卡！很好很好！各位！就是這個樣子！」

社長這麼一喊，其他社員紛紛興奮地拍起手來。

自從劇本改成擁有特殊能力的公主們的冒險故事，野田同學的吸收能力頓時有了飛躍性的成長，短短三天就記住了所有臺詞。

雖然俗話說好者能精……不過這樣會不會太極端了。

至於高嶋同學和中村同學的練習似乎也有了成果，臺詞念得更清晰，音量也變大了一點。

可是儘管如此，大家的水準其實都還不足以在觀眾面前演出。之後到底還能成長多少呢……

我一邊看著他們練習一邊想著這些事，這時下川同學喊了我一聲。

「瑞姬，我們繼續吧。」

「啊，嗯。」

這段期間，我一直趁下川同學和齋藤副社長練習的空檔請他們抽空指導，努力製作服裝。

……啊！裁縫機又脫線了！都幾次了啊～

費盡千辛萬苦，總算把線全部穿了回去，光這樣就讓我覺得累得半死。雖然我很喜歡不起眼的工作，但這種精密作業我實在不擅長啊……

重新振作精神後，我按下裁縫機的啟動按鈕，高速上下的車針開始把布縫成一塊。

嗯嗯，很順利——但是好景不常，布忽然停住，車針開始喀喀喀地原地上下。啊啊啊——線又打結了！

今天已經反覆出現這些狀況好幾次了。

總之我先把線剪斷，把車針上的線抽出來，感覺意識似乎正在離我遠去。

縫線在布的背面打結打了好幾圈，整個皺成一團。

我受不了了啦～感覺人都要變奇怪了……！

「會不會是這邊的線穿錯地方了啊？」

當我欲哭無淚地拆開糾結的縫線，探頭看著裁縫機的下川同學指出了問題所在。

「原來如此。可是我真的覺得手縫搞不好比較快啊……」

「只要習慣了就會變簡單啦～」

啊哈哈，下川同學笑了一下。然而遺憾的是，我完全不覺得自己和裁縫機可以互相理解。

「……這樣說過話才知道，瑞姬其實意外地很好聊，還滿普通的呢。」

「就是說啊！我很普通的！」

我忍不住雙手握拳湊了上去，讓她再次噗嗤一笑。

「也不用這麼認真強調啦。妳想想，因為每次都看到妳和那些人在一起，所以我以為瑞姬也是那種超級怪人，但實際上並不是那樣。」

誤會解開了?!喔喔……我太感動了！

「可是介紹他們給社長的人就是下川同學吧?真有勇氣，竟然敢委託他們……」

在班上，下川同學應該是對他們的中二行為最敬而遠之的女生才對。

「叫我美咲吧。嗯……因為已經想不到其他方法了嘛～而且唯獨廢社是絕對不可以讓它發生的。」

至今一直開心閒聊的下川同學，也就是美咲的聲音，開始出現堅定的意志。

仔細看看就能發現，她眼睛下面也多了黑眼圈。

「難道美咲最近都沒什麼睡嗎？」

開始縫製戲服前，所有準備工作都是話劇社的人負責的。不只每天練習到很晚，還要記住新劇本、外出買材料、製作衣服的紙型。這麼一想，她們肯定忙碌到不行。

「我有睡喔～只不過心裡還是希望能把戲服做得更好，所以打算盡快完成紙型，最後一不小心就熬夜啦。」

雖然美咲說的一派輕鬆……好厲害啊，她是認真的。

我一邊暗自佩服，一邊下意識地朝著教室另一頭看去，廚同學正在那邊製作大型道具。——老實說，當初美咲跑來英雄社時，我一直以為她是衝著廚同學來的……

擅自揣測真的很抱歉……就在我感到愧疚的時候——

「妳是不是以為我去英雄社是為了接近廚同學？」

她忽然輕聲這麼說，害我的心臟瞬間狂跳。

「呃、嗯，有一點……對不起。」

「嗯，其實的確有那麼一點啦。」

原來真的有。

「不過，如果我擅自採取行動妨礙到練習，或是害公演沒辦法順利進行的話，那才是我最不想看到的。在文化祭之前，我會把所有精力都放在話劇上。」

美咲斬釘截鐵地這麼說，眼中寄宿著對話劇社的熱愛。

不只是美咲。熱切進行演技指導直到聲音喊啞的和泉社長，還有一直埋首製作戲服的齋藤副社長，以及一邊對九十九同學做出指示，一邊製作大型道具的岡部學長，每個人都表達出他們拚命想要演出一齣好戲劇的心情。

……現在真的不是說喪氣話的時候了。

我把視線轉回手中的布，再次和糾結成團的縫線奮鬥起來。

距離文化祭還有一星期。

「聲音太小了！用腹部發出聲音！」

「剛剛那一段，節奏感太差！野田學弟，試著和中村學弟的臺詞疊在一起說。」

「聽不懂你在說什麼！去重新練習咬字！」

「沒有放入感情！多表現一些怒氣出來！」

「把那個動作做得更大一點！放手一搏逗人發笑！」

社長的斯巴達式指導一直不斷地喊停，反覆要求重演同樣的場景，不過大家也順利撐過去了。

我們向學生會提出申請，延長了放學後的社團活動時間，可以一直練習到校門即將關閉的時候。

每天早上的晨練也沒有間斷，連假日都跑來學校特訓。

起初總是忘記臺詞，或是擅自加入中二言行，完全脫離常軌的中二病男孩們，也有了非常顯著的進步。

服裝和大道具也近乎完成……

「對了，高嶋是廣播委員對吧？有些音響方面的問題想和廣播委員長討論一下，不知道你能不能幫忙介紹？」

本日練習告一段落的時候，岡部學長叫住了高嶋同學，而高嶋同學也爽快地回答「可以啊」。

此外當天還需要操作音響，學長希望負責幕後工作的我和廚同學也能在場，所以我們也跟著前往廣播室。

廣播室大門上方有個「播放中」的標示燈，如果燈亮著就禁止進入，不過現在沒亮。

「啊，他在他在。吉住學長～我想介紹一個人給你。」

高嶋同學連門都沒敲就直接走進廣播室，對著一個坐在椅子上看周刊雜誌的男學生打了聲招呼，同時示意讓我們進來。

喔——原來廣播室裡面長這樣啊……

地上鋪著地毯，靠著牆壁的長桌上放著好幾臺電腦，架上塞滿CD，裡面還有一些沒看過的機器、立體音響、麥克風和耳機。

最大的特徵就是表面開了無數小洞的白色牆壁。看來和音樂室一樣，都是完全隔音的。

「這位是話劇社的岡部學長。前陣子不是有跟你提過嗎？文化祭的時候英雄社要去其他社團幫忙。然後這邊這兩個是英雄社的聖和廚。」

高嶋同學介紹過後，我點頭示意，茶色頭髮的廣播委員長也露出親切的笑容回答「你們好啊，我是吉住」。

岡部學長想討論的是戲劇音效和用來當作BGM的音樂相關問題，另外還想確認體育館音響設施的使用方法。

岡部學長一邊參照劇本一邊說出需要什麼音效，吉住學長從CD架上抽出符合條件的CD。

先輪流播放各種音效和曲子，再由大家一起提出意見「這個不錯」、「這裡需要更恐怖一點的感覺」、「就是這個」，進行篩選。

「——你從剛剛開始就一直沒說話，都沒有意見嗎？」

被吉住學長直接點名的廚同學只冷冷回了一句「交給你們」，隨後便興趣缺缺地看向別處。哎呀呀，難得學長這麼體貼……

「抱歉，這傢伙一直都是這個樣子。」

高嶋同學苦笑著打圓場。吉住學長倒是一副不以為意的樣子，邊說「那我們就繼續吧」邊把下一張ＣＤ放進音響。

全部決定好後，吉住學長把所有挑選出來的ＣＤ一一放進電腦裡，進行剪輯。

「我懂了，原來是這個用途啊……」

本來還在懷疑為什麼要在這裡放電腦，如今知道用途後，吉住學長也點了點頭。

「還可以用來製作、編輯影片，或是調查東西，用途很多喔。」

「不過不管怎麼用，最常用的還是上網摸魚。」

「別說出去啊，高嶋。」

看著兩個廣播委員互相架對方拐子，我忽然想起一件事。

「這麼說來，吉住學長很喜歡VOCALOID對吧？學長播放的曲子有很多是我喜歡的，感覺很帶勁呢。」

「咦？真的假的？太棒啦！妳也喜歡VOCALOID？」

「嗯。音樂種類很多很有趣，而且我也很喜歡真人翻唱，因此聽了不少曲子。雖然有些是純粹覺得聲音超棒才聽的，可是同一首曲子交給不同人翻唱，感覺就變得完全不一樣。所以我會邊聽邊比較，或是像『這首歌就該找這個人！』這樣，幫自己喜歡的曲子找出最佳歌手，這樣也很有趣呢。」

「沒錯沒錯！真的就是這樣～我個人最愛的就是包括真人翻唱、真人試跳、MAD、遊戲實況、MMD、謎音動畫還有直播等所有攪和在nico動畫裡的複雜能量。有些超高水準的影片會讓人覺得『這是神作！』，也有很多根本不行的傢伙，還有一些影片完全不知道在幹嘛，卻會爆發出某種莫名的能量戳中自己的點，或者是樸實無華又枯燥的奇妙影片等等……雖然龍蛇混雜，但就是非常自由，對吧？另外有些影片會因為留言變得超級有趣，也有些影片不斷衍生出其他作品，然後裡面又出現神作之類的，像是互相連繫、拓展，然後創造新的誕生，讓人覺得非常興奮。」

看來委員長是個相當狂熱的 nico 愛好者。不過我能理解他想表達的意思。

「吉住學長最近有推薦什麼動畫嗎？例如特別有意思之類的。」

「嗯——我個人最近有點上癮的……大概是【✝剎那騎俐斗✝】吧。」

這一瞬間，始終保持沉默的廚同學忽然整個肩膀抖了一下。

「怎麼了？廚同學？」

「……不，沒什麼。」

感覺廚同學的臉似乎有點變紅。他是怎麼了？

「啊，我也喜歡【✝剎那騎俐斗✝】，最近他的人氣一直在飆高對吧。」

「高嶋同學也知道？漢字要怎麼寫？我也想看看。」

「我用 LINE 傳給妳好了？」

「啊，好，麻煩了。」

在我們進行交流時，廚同學仍然一副坐立難安的樣子，不斷往我們這裡偷看。

「……難道廚同學也有看 nico 動畫？」

「我才沒看！」廚同學氣呼呼地斷然否定，扔下一句「我要回去了」便走出廣播室，而放學時間的鐘聲也跟著響了起來。

結果音響的操作方法改成明天再學。和吉住學長道別後，我、高嶋同學和岡部學長一起回到話劇社的社辦。

回到家，吃過晚餐後，我開始寫作業和預習功課。

等結束之後洗完澡，我一邊坐在床上邊喝著冰箱拿出來的罐裝果汁，順手拿起手機。來看看高嶋同學傳過來的影片好了……標題是《真人翻唱「聖槍爆裂男孩」，【✝剎那騎俐斗✝】》……這文字還真是不得了。

光看名字，就有種「我的中二力是五十三萬」的自我介紹感。

影片介紹只有寫「✝剎那騎俐斗✝ 3rd Stage Zoom in 你的本能」幾個字，這是在說什麼東西？

我戴上每次聽真人翻唱時一定會戴的耳機，按下播放鍵。畫面上隨即出現一個戴著羽毛裝飾的中折帽，臉的上半部用黑色繃帶（竟然有這種東西！）纏了好幾圈蓋住眼睛，渾身散發著視覺系氣質的男性，站著中央不動。

緊接著，他開始配合戲劇性的合成音樂前奏，一個又一個地擺出宛如ＪＯＪＯ角色的神祕帥氣動作，害我真的把嘴裡的果汁噴了出來。

這是啥？真人試跳嗎？

我一邊手忙腳亂地用面紙擦掉果汁，一邊看著影片。蒙住眼睛的男子正面朝著鏡頭，單手蓋住臉的右半邊，另一手則是用力扯開領口，喘息似地說道。

『這麼想聽我的歌嗎，小貓咪？ＯＫ，這就是獻給妳的月下鎮魂曲……！』

……太、太詭異了吧……！雖然我倒退了不只三步，但畫面上的彈幕評論卻是滿滿的「呀啊啊——騎俐斗大人——」、「我等好久了！」、「大帥哥☆☆☆」等各種讚美。真的假的？

哎，雖然看不清楚長相，不過身上的確散發著帥哥氣場，聲音也是略帶沙啞的低沉嗓音，聽起來算是相當動聽，接下來只要歌唱得不錯……才剛想完，耳機傳來的歌聲瞬間讓我倒地不起。

這、這是什麼、毀滅性的音痴……！

雖然我沒什麼資格講別人，但也實在太難聽了。曲速完全慢半拍，歌詞也像含了滷蛋一樣完全聽不懂，音高更是亂七八糟。真是徹底糟蹋了難得的美聲。

而且他完全不管自己唱得亂七八糟，不是動手把頭髮往上撥，就是用力抓緊襯衫胸口，再不然就是猛然張開雙手，秀出外套內側……每個動作都要裝模作樣地耍帥一番，看起來實在有夠丟臉的。這是在搞笑嗎？雖然他看起來非常認真，不過再怎麼樣也不會這麼誇張吧……？

總之所有留下評論的觀眾通通開始起鬨了。

剛開始唱的時候，畫面還是一整面「ｗｗｗｗｗｗｗ」的爆笑符號，過了沒多久又出現了「全身酥麻——」、「快要帥死我了——」、「有夠不妙的♡」、「騎俐斗騎俐斗騎俐斗騎俐斗騎俐斗」等大量評論，看起來都是虔誠信眾發的。

這大概就是受到某種特定氣場吸引而聚集，所謂「訓練有素的觀眾」吧。

……怎麼說呢，剛開始的確嚇了一大跳，不過聽久了之後，反倒會因為爛到極點而開始覺得有趣起來。

他可能真的是個相當優秀的搞笑型歌手。

一曲結束，有點氣喘吁吁的【✝剎那騎俐斗✝】露出充滿邪氣的微笑，對著鏡頭擺出一個看似挑釁的動作。

『滿足了嗎？……啊？興奮到睡不著？哼，真沒辦法……雖然妳不是我喜歡的類型……來吧，讓我聰明地抱妳。』

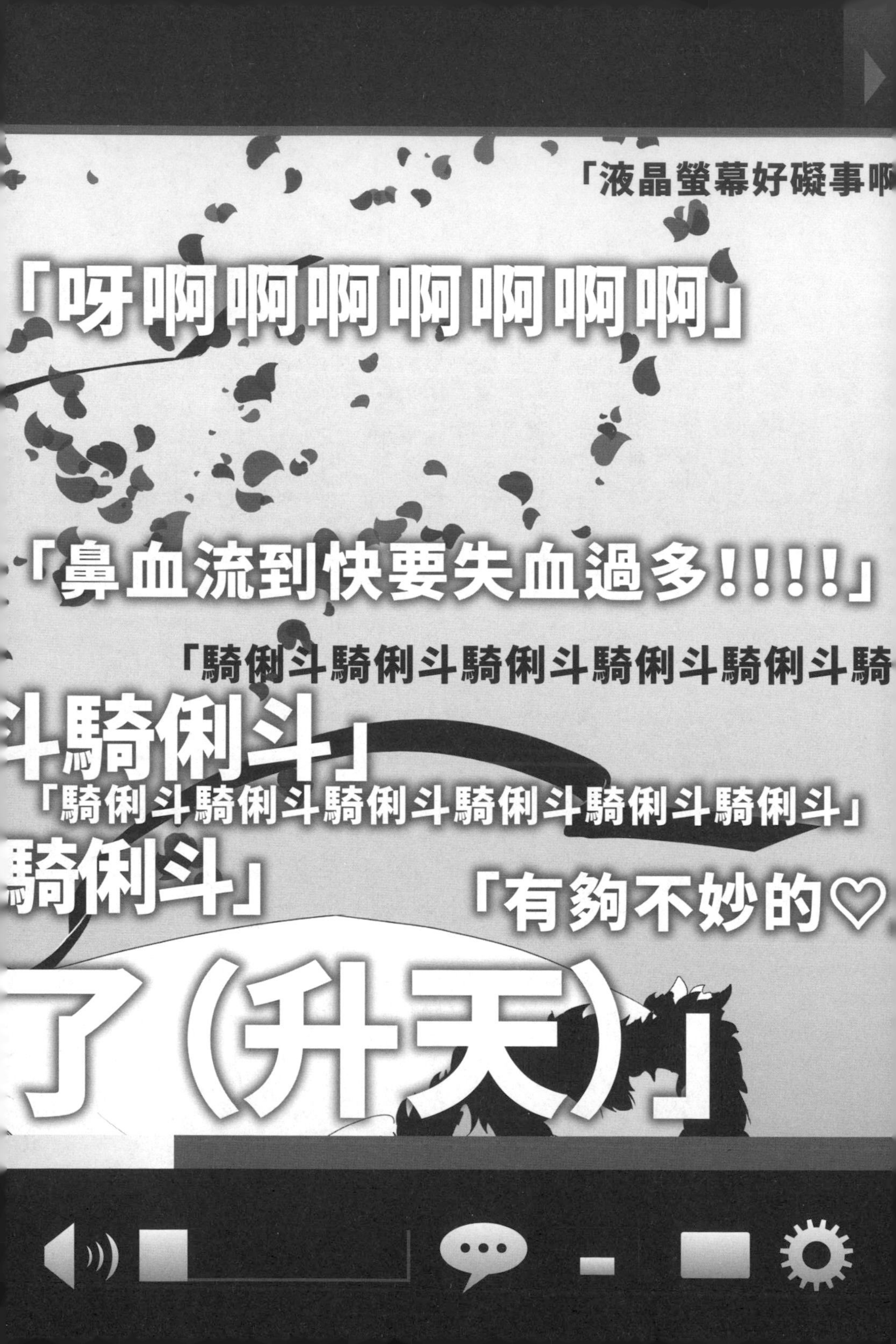
「液晶螢幕好礙事啊
「呀啊啊啊啊啊啊啊」
「鼻血流到快要失血過多！！！！」
「騎俐斗騎俐斗騎俐斗騎俐斗騎俐斗騎
斗騎俐斗」
「騎俐斗騎俐斗騎俐斗騎俐斗騎俐斗騎俐斗」
騎俐斗」
「有夠不妙的♡
了（升天）」

【放送開始】
「全身酥麻——」
「快要帥死我了——」
「我要死了——
騎俐斗騎俐斗騎俐斗騎
「騎俐斗騎俐斗騎俐斗騎
已經……不
032/8:56

「呀啊啊啊啊啊啊啊」、「我要死了——」、「鼻血流到快要失血過多！！！！」、「液晶螢幕好礙事啊啊啊啊啊」、「已經……不行了（升天）」之類的評論瞬間塞滿整個畫面。

記得高嶋同學先前也有說過這句臺詞，原來出處是這裡嗎？

『OK。今晚我會在夢境裡奪走妳的心，做好覺悟吧，My love。』

【✝剎那騎俐斗✝】留下這句話，最後送出一個飛吻，影片結束。

……哎呀～真是一部很厲害的影片。

可是那個聲音，總覺得好像在哪裡聽過？

像是帶了一點鼻音，散發著性感氣息的低沉嗓音……

——「乍看之下明明這麼普通。」

我忽然想起之前跳土風舞時，那個近在耳邊響起的美聲，忍不住倒吸了一口氣。

咦？不不不，這不可能，對吧……？

——「我才沒看！」

雖然覺得不可能，但我又想起之前提到【✝剎那騎俐斗✝】的時候，他很明顯出現了奇怪的反應，於是我重放了一次影片，幾乎整個人貼在螢幕前仔細觀察。

…………太像了。越是往這個方向想，就覺得真的太像了。

不論是聲音、下半邊臉的輪廓，還有整個身材——

這絕對是廚同學吧?!

可是那個廚同學，那個容姿秀麗、文武雙全的超級現充又冷酷的廚同學，那個一直看不起野田同學他們的中二，不希望別人把自己當成跟他們同一掛的廚同學，真的會為了逗人發笑而投稿這種影片？

這到底是怎麼回事——？

「戲服、大型道具、小配件，另外當然還有演技和技術指導，能做的事情大家應該都已經做好了。」

文化祭前一天，和泉社長帶著心滿意足的表情看向所有人。

……終於走到這一步！我心中不斷湧現出感慨。

不過真正的重頭戲還在後頭，要鼓起幹勁才行！

——那部影片的【✝刹那騎俐斗✝】真的是廚同學嗎？我真的在意得不得了，可是又沒有勇氣跟本人確認，最後只好擅自認定那只是一個長得很像的人。

因為那怎麼可能嘛……對不對？他應該不是那樣的人對吧？

為了以防萬一，我問了廚同學專家美咲「有沒有聽過【✝刹那騎俐斗✝】」，得到了「啊，前陣子有朋友告訴過我。那個真的很好笑對吧——」的反應。

我很驚訝【✝刹那騎俐斗✝】竟然這麼廣為人知，不過至少可以確認美咲完全不覺得他就是廚同學。也是啦，一般來說都不會這樣認為……

廚同學不愛說話，所以班上同學大概不是每個人都聽過他的聲音，而我要是沒有戴耳機的話，應該也不會注意到吧。

……不對不對，那只是我想太多了，那只是長得非常像的另一個人——我努力這樣說服自己，當成什麼都沒看到。

實際上，最後這一星期的話劇準備工作也漸入佳境，根本無暇顧及其他問題。

現在是下午一點。之後，我們會在實際上演的時間，也就是下午兩點在體育館進行正式排練。

「那麼時間差不多了，男生們把大型道具搬去體育館，女生們去貼海報吧。」

「「是！」」

我捧著海報來到走廊，一群群正在忙著布置教室和設置店鋪，或是匆忙地跑來跑去的學生們立刻映入我的眼簾。

「欸，你知道執行委員會長或學生會長現在在哪裡嗎？」

「膠帶在哪裡？」

「那個再往右一點！」

「那些傢伙到底跑去哪裡買東西了啦——」

「男生！認真一點！」

今天一整天都停課，全校學生都被文化祭的準備工作追著跑。

雖然大家看起來都很忙，但是即將到來的祭典讓所有人興奮不已，整個學校充滿了活力。

我在自己負責的校內區域貼上海報，等到全部貼完後又回到平日練習的空教室裡，和女生們會合。

強風從為了換氣而打開的窗戶隙縫鑽進來，吹得窗簾不斷飄動。

齋藤副社長一邊低聲說著「好冷……」一邊把窗戶關上。

「那我們也把小配件搬過去吧——」

社長才剛說完，教室的門忽然被人猛地打開。

所有人都轉頭看去，發現滿臉蒼白的九十九同學啞著聲音表示「發生緊急狀況了」。

「?!」

「剛剛搬到一半，組合式背景被強風吹到飛起來，然後直接撞上附近的銅像……」

看到其他鐵青著臉的男生們從九十九同學身後搬著那個東西走進來，現場所有人都被澆了一頭冷水。

這一個半月當中，花費最多時間製作完成的組合式森林布景……原本是分成左右兩邊，做成兩片一組的背景，如今其中一片慘不忍睹地從中央裂開，徹底壞掉了。

「這樣應該沒辦法修理了。」

岡部學長整個人呆住了，大概是打擊過大。

「抱歉，如果我能把東西抓緊一點……」

「碰到那種強風，任何人都抓不緊的啦。」

高嶋同學用氣憤似的語調，安慰著首次露出灰暗表情的野田同學。

「可惡的妖魔，竟然用這種手段進行妨礙，太卑鄙了……！」

中村同學懊惱地握緊了拳頭。

沒有人受傷算是不幸中的大幸，但眼前的狀況也不容許我們感到開心。

……現在開始重做一個新的出來？

時間已經不早了，我們還要外出購買材料、組裝木材、畫上圖案——這種事真的有辦法辦到嗎？

難道只能在沒有背景的狀況下演出……？明明花了那麼多心血……！

費盡心思完成的物品再也無法使用，這過於巨大的打擊讓所有人都露出沉痛的表情，陷入沉默。

「……嘖！」

廚同學重重嘆了一聲，打破這份沉重的沉默。

「再怎麼沮喪也沒用吧！野田，體育祭的直立看版還留著嗎？」

「那個還放在操場的體育倉庫裡——」

野田同學回答到這裡，隨即恍然大悟似地倒抽一口氣。

對啊！如果是那個直立看版，剛好和組合式背景的大小一樣。

「對英雄來說，苦難不是必經之路嗎？」

野田同學被皺著一張臉的廚同學輕輕搥了胸口一下，眼睛頓時瞪得斗大……

隨後臉上的笑意開始變得越來越明顯。

「——沒錯，能夠突破困境的才是真正的英雄！各位，我們一起通力合作，努力度過這個危機吧！」

野田同學開朗有力的聲音，讓現場氣氛為之一變。

「哈，事情變得越來越有趣了嘛。白膠水和模型紙應該都還有剩吧？」

「啊啊，這點程度的阻礙全部都在預料中——只要去圖書室應該就能拿到報紙。顏料還夠嗎？」

「我去問問漫研社和美術社的朋友。如果不夠的話，我就騎腳踏車去買。」

看到九十九同學、中村同學和高嶋同學開始動了起來，其他茫然若失的話劇社員也紛紛重新振作。

「我去找老師申請許可，英雄社的男生去把直立看版從倉庫搬過來。趁其他人在貼報紙的時候，岡部學弟先在模型紙上畫好底圖。」

「社長，現在這個時候，省略貼報紙這個手續會不會比較好？」

岡部學長搖頭否決了美咲的提議。

「那樣會讓兩邊變得不一樣，還是貼一貼比較好。木板基本上已經組裝完成，只要大家一起動手就來得及。」

「那排練怎麼辦？時間馬上就要到了。」

齋藤副社長冷靜地提問，社長只稍微猶豫了一下，很快做出決定。

「還是要排練。背景再慢也只要趕上明天的公演時間就行。接下來大家移動到體育館，排練結束之後就要用最快的動作開始製作了！」

「「「是！」」」

排練順利結束後，所有人分頭收集材料，回到教室重新開始製作組合式背景。

社長前往學生會要求今天能在學校過夜以便進行作業，但學生會基於安全考量拒絕了我們。

不過他們特准我們今天可以待到晚上十點。

因為這已經是第二次，大家都做習慣了，而且又是所有人集中作業，所以速度比想像中快上許多。

廚同學也是，雖然已經過了放學時間，但他還是默默地留了下來……最後，我們成功在九點五十五分做好了新的背景——

太好了太好了！就在我放下心中大石，準備回家的時候，九十九同學忽然走過來叫住了我。

「啊，聖同學，坐公車通學的人應該只有妳吧？最近這個社會實在不安全……不介意的話，讓我送妳回家吧？」

「咦？不用啦。九十九同學是坐電車而且又是反方向吧？這樣太麻煩你了。」

我完全沒想到九十九同學竟然會這麼體貼，驚嚇之餘就開口拒絕了。這時野田同學在旁邊連連點頭。

「紫戰士，我會用我的疾風2號送粉紅戰士回家的，不必擔心。你就和黑戰士還有岡部學長一起送其他女生去車站吧。」

「疾風2號是什麼？」

「是我從國中到現在的忠實伙伴。」

野田同學挺起胸膛，驕傲地回答皺著眉頭的九十九同學。一旁的高嶋同學補充說明「那是腳踏車的名字」。這麼說來，他們兩個好像都是騎腳踏車上學的。

「沒關係沒關係，我可以的。」

「可是最後一班公車很快就要來了吧？」

被高嶋同學這麼一提醒，我才驚覺慘了，完全忘了這回事……！

就在我臉色慘白的時候——

「我已經叫了車，女生全部坐計程車回去就行了。」

廚同學冷淡地說出這句話，讓所有人大吃一驚。

「咦？廚學弟，真的可以嗎？」

社長再次確認，而廚同學默默點頭。

我看到美咲整張臉泛起紅暈，小小地做出一個勝利動作。這真是太好了呢。

「綠戰士，謝謝你！」

「我沒理由接受你的道謝，男生自己想辦法回家。」

廚同學一臉厭煩地想把整個人撲過來的小個子男生拉開，但野田同學搖頭表示「不只是那件事」。

「剛剛背景壞掉，大家都很沮喪的時候，都是因為有綠戰士那番話，我們才能復活。現在能夠順利趕上都是你的功勞，謝謝你。」

「……！」

看到野田同學以真摯的眼神向自己道謝，廚同學一時說不出話來，然後才用力把頭撇向一邊。

「我都已經幫忙到現在了，要是全部變成做白工，會很讓人生氣的。」

哎呀呀？他的耳朵是不是紅紅的？難不成廚同學正在害羞？

「陰鬱的絕望之雨反覆逡巡，使大地化為磐石——大概就是這樣吧。」

我猜中村同學應該是想說『降雨使地面更牢固』吧？不過，可能真的就是這樣。

因為這次事件，感覺和廚同學的距離似乎縮短了一點。

走出校舍，狂亂吹來的冷風讓我忍不住縮起身子，可是只要抬頭仰望，就能看到夜空中清晰無比的獵戶座和冬季大三角。

感覺明天應該會是好天氣。

第五章 文化性的狂歡祭典

IT'S SHOW TIME☆

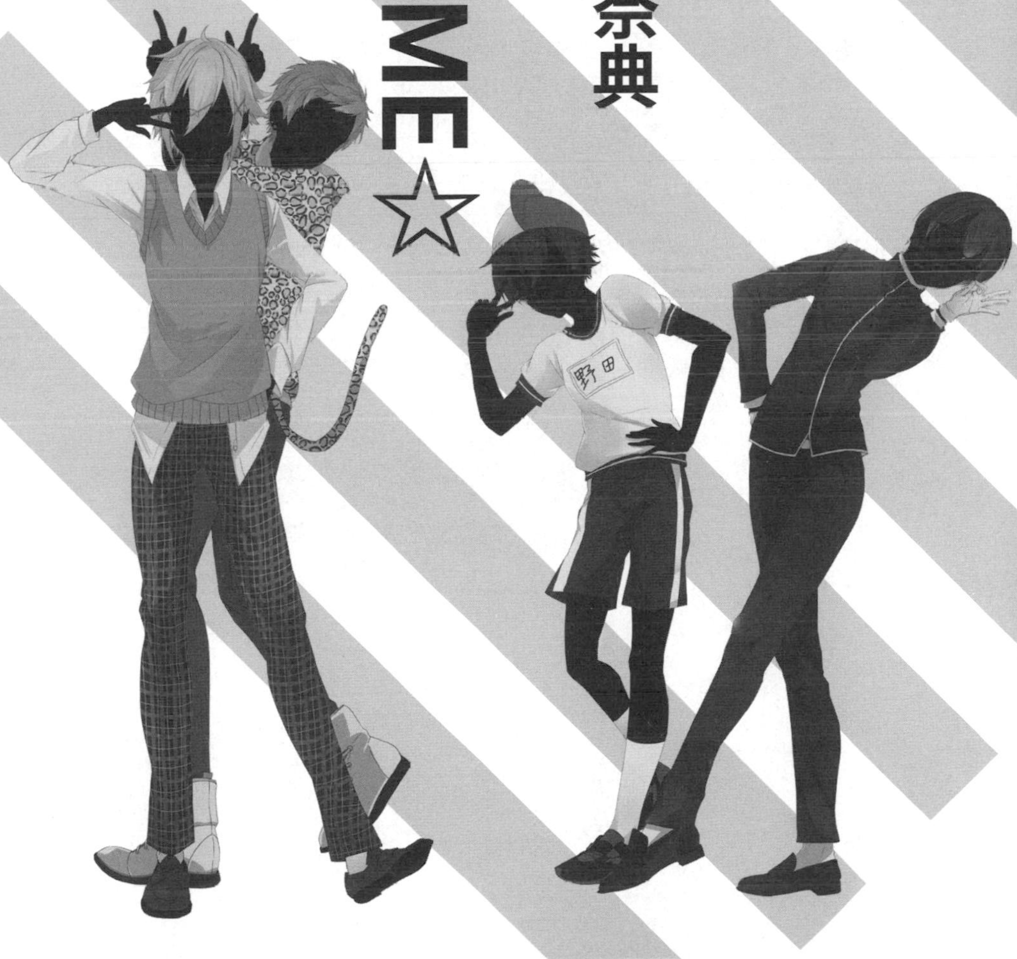

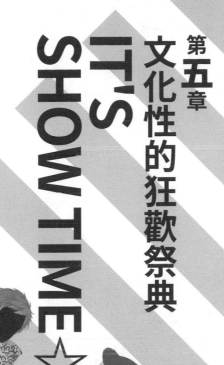

「瑞姬，這個送去給五號桌客人。」

「好的——」

總算來到文化祭這天。1年C班的企畫是最基本的『咖啡廳』。所有店員都穿上純白襯衫和相同的連身圍裙，統一服裝。

今天之前，我們幾乎沒幫班上同學任何忙，但他們似乎沒放在心上，要我們不必在意。看來美咲和菜菜子有幫忙仔細說明過了。

因為到目前為止都沒出到力，所以今天一定要完全補回來才行。

用窗簾隔出來的教室後方變成了臨時廚房，我接過裡面送出來的餐盤，拿到到處掛著七彩氣球、摺紙和紙花的用餐區域。

「讓您久等了，這裡是飯糰套餐、法蘭克福熱狗和柳橙汁。」

客人坐在用三張桌子併起來再蓋上桌巾的餐桌前。就在我微微鞠躬，把料理端上桌子的時候，聽到隔壁桌傳來興奮的高亢語調。

「欸，你長得很帥呢。」

「真的耶，你叫什麼名字？」

「咦……名名名名名字?!」

被兩位年長女性客人搭訕的高嶋同學嚴重動搖，放著果汁的托盤也跟著搖晃。

「呀啊！」

「喂，小心一點啊！」

「非、非常抱歉！」

倒下的果汁差點撒在女性客人身上，高嶋同學連忙向對方鞠躬道歉，但接著又因為動作過猛，手臂撞到桌上的花瓶，框啷一聲掉到地上。

到底在幹什麼啊……！

「真的很抱歉！——高嶋同學去內場幫忙吧。」

我攬下善後工作，高嶋同學雙手合十對我說了聲「抱歉，謝謝妳」之後，就跑進臨時廚房避難了。

真是的。

「哎呀，你也很帥呢！」

女性客人們一看到從裡面出來頂替高嶋同學的廚同學，眼睛立刻發亮。

廚同學側眼瞄了她們一眼，露出不懷好意的笑容。

「妳們看起來倒是很廉價呢。」

「「什麼……！」」

兩位客人瞬間臉色大變，氣得馬上起身離開。

「等等，廚同學，那可是客人耶！」

「什麼客人？不過就是學校活動的店面，沒必要那麼卑躬屈膝吧。」

高嶋同學也好，廚同學也好……真的都只有一張臉好看，根本派不上用場啊！

我狠狠握住掃把，試圖壓抑怒氣時，店內忽然響起了超大音量的特攝英雄節目片頭曲，害我嚇了一跳。

「喂，野田，你在幹嘛啊！」

班上其他男生全部驚慌失措地跑向正在教室角落擺弄音樂播放器的野田。

「剛才有人說放個音樂應該會更有氣氛，所以我來放我推薦的曲子。」

只見他興沖沖地比出和平V字手勢……

「大和，再怎麼說，這邊都不適合這種曲子吧。」

高嶋同學看不下去似地一邊指正，一邊把他自己的手機接了上去。

隨後立刻傳出閃光四射的偶像歌曲。

「『AI Live！』一樣不行啦！」

「咦～？」

還是一樣一點都不懂自重啊。我一邊暗自埋怨一邊收拾破掉的花瓶時，兩個從沒見過的男生正好經過走廊，他們的交談內容傳進我耳中。

「那兩個就是中二病的野田和高嶋吧？」

「真是有夠白痴的，高中生還那個樣子，超丟臉。」

嘻嘻嘻……他們發出明顯帶著嘲弄之意的笑聲，逐漸遠去。

這個音量野田同學他們應該也聽得見，但他們似乎一點都不在意，開始討論到底哪首曲子比較好。

可能是習慣了那種酸言酸語也說不定。

「……為什麼還這麼平靜啊……」

身旁不遠處忽然傳來咬牙切齒似的說話聲，我忍不住眨了眨眼。

廚同學……？

廚同學緊緊抿著嘴唇，快步走到野田同學他們身邊，找碴似地大喊一聲「喂！」。

「剛剛那些話你都聽到了吧？這樣毫不保留地表現你的中二，肯定會被人當成笨蛋吧？為什麼明知道會這樣，卻還是要這樣做！」

……為什麼他看起來這麼痛苦呢？

簡直就像廚同學自己遭到攻擊一樣……

野田同學和高嶋同學瞪大了眼，眨了幾下之後互看對方一眼。

隨後轉頭重新看向廚同學，異口同聲地回答。

「「剛剛有誰講了什麼嗎？」」

「…………」

廚同學一時啞口無言。高嶋同學搔了搔自己的臉頰，接著又說「啊～這麼說來剛剛好像有聽到什麼東西很丟臉之類的？」，而野田同學則是漫不經心地應了一句「是喔」。

「——問我為什麼要這樣做……因為英雄很帥啊。」

看到野田同學再理所當然不過似地用清新的笑容說出這句話，廚同學很明顯地屏住了呼吸。

「那些不懂二次元美妙之處的傢伙，人生真的虧大了呢～」

高嶋同學也一派輕鬆地說出這句話，繼續擺弄著音樂播放器。

「…………」

廚同學眉頭深鎖，兩手緊緊握拳。接著——

「就選卡邦吧！『宇宙刑事卡邦』絕對是可以感動所有人的名曲！」

「『AI Live！』的水準也絕不會輸的！啊，要不然選『東方』好了？那邊可是貨真價實的神曲暴風雨啊！」

——他一直閃動著眼眸，凝視他們生氣勃勃地開心討論的身影。

「瑞姬，換班了，辛苦妳啦～」

「謝謝，辛苦了。」

我早上的負責時段結束，接下來可以自由活動一段時間。

皆神高中的文化祭雖然只舉辦一天，但是這一天學生們會卯盡全力把活動搞得越盛大越好，所以會有很多高水準的店鋪，校外人潮也會擠滿整間學校，規模相當龐大。

不過話說回來，菜菜子剛好接替我的位子在店裡幫忙，美咲也在不久之前結束工作，不知道去哪裡了。

一個人參觀感覺有點寂寞，現在大概只能去英雄社或是話劇社社辦打發時間……我還在盤算的時候，後方傳來一個裝模作樣的聲音叫住了我。

「呀，聖同學。妳看起來很閒空嘛。」

正確說法應該是很空閒吧？我邊想邊回過頭去，一個滿頭紅髮的高挑男生正笑著站在我面前。

「九十九同學。」

他的表情看起來似乎比平常僵硬不少，是我的錯覺嗎……？

「接下來要不要跟我一起去逛逛文化祭呢？」

「……咦？」

為什麼要跟九十九同學一起逛？我正在疑惑時，九十九同學迅速補上一句「是視察敵情啦」。

「我挑出了好幾個可能成為話劇社敵人的團體。俗話不是說『知己知彼，百戰百勝』嗎？再說，比起一個人臥底調查，男女一組比較不會被人懷疑……這可是常識啊。」

什麼臥底調查，太誇張了吧。嗯——雖然我也想到處逛逛文化祭，但是如果只有我跟他，搞不好會被別人誤會我們正在交往……

怎麼辦好呢？

「——我也去。」

我還在猶豫的時候，背後忽然傳來低沉的美聲。

「……啥？我可沒有邀請你啊，二葉。」

九十九同學先是張大了嘴巴，隨後眼神開始變得越來越凶惡。廚同學則是一臉看好戲似地微笑著，揚起下巴回答。

「有什麼關係？如果是臥底調查，不管兩個人或三個人都沒什麼差別吧。」

「別開玩笑，誰要跟你一起——」

九十九同學像貓一樣把全身的毛都豎起來抗議，但廚同學選擇徹底無視，推了我的背後一下。

「那我們走吧，『瑞姫』。」

…………啥？

「你……?!」

我看著說不出話的九十九同學，還有臉上笑意明顯加深的廚同學。呃，發生什麼事了？

「竟、竟然直呼女生的名字，你裝熟也裝得太過火了吧！這個花心男！」

「嗯？零，怎麼了嗎？」

「這在LA很普通啊。」

啊，原來如此。雖然嚇了我一跳，不過的確有可能是這樣。

這個發展有點讓人意外，不過三人同行就不會傳出奇怪的謠言，反而正好。

「我當然也不願意跟你一起逛，不過為了話劇社，我想盡可能地把事情做到最好。好啦，第一站要去哪裡？」

「這傢伙……總有一天要埋了你……！」

咬牙切齒的九十九同學喊了聲「這裡啦！」隨後賭氣似地邁開步伐。

逛了幾間教室的展覽品和飲食店後，我們走出校舍來到中庭。這裡也有大量飲食店一字排開，例如章魚燒、可麗餅和炸雞塊，還有釣水球遊戲……外面還有設置露天舞臺，依照時刻表排程進行舞蹈、脫口秀、猜謎大會等戶外表演。

其中最引人注目的就是設置在校舍牆壁上、媲美電影螢幕大小的超大型投影布幕。各種事先拍攝完成的班級、社團活動的推廣影片，廣播委員製作的文化祭直播報告，周遭商店提供給文化祭的ＣＭ等等，全天全時段不斷播放。

除了文化祭相關影片，據說還會播放個人或團體出自興趣製作的各種影片作品，例如魯布戈德堡機械和短片電影等等。聽到自創的 VOCALOID 曲的時候我也嚇了一跳……沒想到這間學校竟然連 VOCALOID 製作人都有。雖然作者是匿名參加，但搞不好就是吉住學長？

「我一直覺得『燒麵』其實應該叫做『炒麵』才對呢～」

九十九同學一邊吃著從小吃攤買來的炒麵一邊這麼說。

「『燒』和『炒』有什麼不一樣嗎?」

「我個人的解釋是,『燒』就是像燒肉或大阪燒那樣放在鍋子或鐵盤上面烤,但是不會把材料攪拌在一起;至於『炒』則是像炒青菜、炒飯之類,用在需要拌在一起的料理上。」

九十九同學似乎相當興奮,一臉驕傲地進行說明。原來是這樣!

「的確,這麼一想燒麵其實是炒出來的呢。」

真是敏銳。我覺得有點佩服,但廚同學卻嗤之以鼻地反駁「全是歪理」。

「炒飯不也可以說成『燒飯』嗎?兩邊都說得通啦。」

啊,說得也是呢……我這麼認為,但九十九同學依然緊迫盯人。

「所以『燒飯』也是很奇怪的用法!更進一步來說,『炒泡麵』的正確名稱應該是『水煮泡麵』才對。」

「Stupid!『水煮泡麵』這種名稱根本沒辦法把商品形象傳達給消費者。炒泡麵就是為了再現炒麵的感覺才叫做『炒泡麵』的。對這種小事斤斤計較，真是氣量狹小的傢伙。」

「每件事都像小舅子一樣挑剔個沒完的你，才是真正氣量狹小的人吧?!」

「那是因為你每次都說一些讓人火大的話！」

唉，這兩個人實在是……

「啊，下一間去那邊看看吧。」

為了幫這兩個吵架吵不停的人轉移注意力，我指著眼前的一樓教室，提出建議。

所有窗戶都被黑布蓋住，報紙貼滿了整面牆壁，上面還有許多血手印和沾滿飛濺血花的紙片。

看板上則是用驚悚字體寫著四個大字「咒怨病棟」。

「咦?那、那種東西都是騙小孩的啦。學生做出來的鬼屋怎麼可能會有趣呢？」

九十九同學的眼神飄忽不定，但還是擠出了抽搐似的嘲笑。

「不過美咲說那個班上有個熱愛驚悚的狂熱分子，所以完成度非常高喔。那裡說不定是最有可能成為話劇社對手的地方。」

「就、就算現在知道其他傢伙做了什麼東西出來，我們能做的事情都不會變吧？」

……剛剛是你說要偵查敵情的耶？

「會怕的話，你就在這邊等著吧。我跟瑞姬兩個人一起去。」

「啥？誰說我怕了?!」

其實這間鬼屋的水準真的非常高。

可是身旁的九十九同學沿途都在大喊「呀啊啊！」、「我不行我不行我不行」、「我到底做錯了什麼！」之類的哀號，我的注意力全被他的聲音分散了，完全沒有機會感覺害怕。

穿過最後一道布幕，我們總算回到走廊。

「辛苦了——」前來迎接我們的學生，每個人都笑容滿面。

害怕到這種程度，肯定就是他們最想看見的吧。

「…………嗯，以學生的水準來說算是很努力了？」

看著事到如今仍堅持擺出高姿態虛張聲勢的九十九同學，廚同學像是再也忍俊不住，噗嗤笑了出來。

「你……真是笨得可以……！」

「閉嘴！二葉你五歲的時候，還不是一樣在睡前聽了鬼故事，結果隔天就尿床了！」

「啊？為什麼把小時候的事情搬出來……啊啊，是因為現在差距太大，完全沒有勝算的關係嗎？」

「嗚哇，自戀狂超噁的。」

「你們兩個，到底有完沒完——咦？和泉社長？」

我厭煩地試著介入仲裁時，視野前方忽然捕捉到熟悉的人影，忍不住眨了幾下眼睛。

不只和泉社長，齋藤副社長、美咲，還有岡部學長——話劇社所有人都在走廊，向路過的人們分發某個東西。

「你們在幹什麼？……發傳單？」

「嗯嗯，因為想盡量讓更多客人知道我們有公演。」

社長他們看到我們跑過來，露出有點困擾的笑容。

「咦——我們沒聽說要做這個啊。」

「因為你們已經幫我們太多太多的忙了……」

因為有所顧忌，所以只召集了話劇社社員嗎。

「真是不愉快……」

九十九同學一邊從旁邊的箱子裡拿出傳單，一邊用鼻子冷笑了一聲。

「拜託你們不要在我看不見的地方擅自行動好嗎？計畫會被打亂的。」

「Nonsense！什麼鬼計畫啊。」

廚同學雖然面無表情地吐槽，但也同樣拿起傳單走了出去。

當然，我也一起加入行列。

「話劇社即將演出男女顛倒的異色童話！」

「嶄新的設定和意外的發展，豪華的舞臺美術，還有女裝，到處都是亮點喔！」

「請一定要過來看看。」

「絕對不會吃虧的！」

話劇社社員的聲音十分嘹亮，肯定可以登入發傳單名人殿堂。

雖然我說不出這麼機靈的宣傳句子，不過只要有學生經過，我就會對他們說「請多指教」並把傳單交給他們。

「請多指教……?!」

我順手遞出一張傳單，才發現眼前這個打扮浮誇的男學生十分眼熟，忍不住暗自倒抽了一口氣。

「灰姑娘……中村和博？」

這個皺著眉頭審視傳單的人，正是先前跑來糾纏菜菜子的關谷學長。

感覺有點尷尬，不過當時我是躲起來偷看的，學長應該不認識我。

我裝出若無其事的樣子，告訴他「公演兩點開始，請多多指教」。

結果關谷學長低聲「喔……」了一聲，臉上出現一絲笑意。

那個看似有點危險的表情，讓我渾身爬滿雞皮疙瘩。

——那是怎樣？

關谷學長迅速轉身離開，獨留我驚訝地站在原地。

我暫時把這件事拋在腦後，重新開始發傳單——

「總算找到了！粉紅戰士，紫戰士，綠戰士……嗯？你們在做什麼？」

「發傳單？怎麼不叫我們啊。」

「人海戰術嗎……也罷，這應該是目前最有效的手段之一。」

過沒多久，野田同學他們也跑來會合，最後決定把校內區域完整分配一下，

大家各自前往發傳單。

就這樣，事先備好的大量傳單才一轉眼就全發出去了——

社長這句話一說完，舞臺兩側的休息室裡立刻響起一陣刻意壓抑的歡呼聲。

「——妝化好了！完成！」

終於要正式登臺了！

穿上大家苦心製作的洋裝並化好全妝的白雪公主、灰姑娘和姆指姑娘，全部都可愛得不得了，連女生都忍不住嫉妒。

高嶋同學是中等長度的黑色直髮和鮮紅色緞帶，搭配胸前是交叉綁帶馬甲的長裙；野田同學則是大波浪捲金色長髮和粉紅色的可愛洋裝，兩人都是美少女。不過最讓人驚豔的，卻是中村同學的灰姑娘。

拿下眼鏡的中村同學，有著細緻光滑的肌膚和中性的五官，再加上纖細的體型，整個人搖身一變成為讓人屏息的美貌公主。

銀色的高包頭髮型和藍色洋裝，都和他冷漠的氣質十分搭配，簡直美到讓人

不敢褻玩。

「好厲害啊……中村同學，真的好漂亮。」

先前這麼努力做衣服真是太好了……我一邊感慨一邊送上讚美之詞，中村同學冷笑一聲，嘴角露出滿意至極的微笑。

「連女裝都能完美駕馭……這就是我龍翔院凍牙。」

因為聲音還是很低沉，違和感實在不是普通的大，但這次公演是喜劇，所以這點落差反而更好。

而且背景也十分講究，就算光看視覺效果也具備了高水準……！我的心中充滿期待。

到底來了多少觀眾呢？我從舞臺布幕的縫隙往外偷看觀眾席——隨即啞口無言。

連原先預料的一半都不到……?!

「怎麼回事？怎麼會這樣……」

跟我一起偷看的社長臉色蒼白地低語。

先前的宣傳效果照理說應該不差。分發傳單的時候，明明就有聽到很多人表示「看起來很有趣！」、「有點想看」之類的正面意見。

到底發生了什麼事？

我們還愣在原地時，在外面攬客的岡部學長臉色大變地衝了進來。

「大事不妙！關谷他們的樂團突然在戶外舞臺開始快閃表演，客人都被他們搶過去了！」

快閃表演……?!這麼說來，先前好像有聽說關谷學長是樂團主唱的樣子。可是為什麼偏偏選在這個時候……？

我腦中忽然閃過他接過傳單時臉上那個討厭的笑容，背脊瞬間涼了起來。

「那些傢伙上午已經上臺過了吧？根本完全違反規定了。」

如同高嶋同學所說，舞臺表演一個團體應該只有一次機會才對。

九十九同學皺起眉頭。

「真有他們的。就算沒辦法列入投票對象，也堅持要和話劇社的公演時間強碰……這肯定是為了報復中村吧？」

「唔……竟然做出這麼卑鄙的騷擾……！」

中村同學也咬緊了嘴唇。

沒想到他們竟然做出這種小動作……

「要是沒有觀眾，人氣投票什麼的就根本不必想了。我現在就去招攬客人！」

「等等，大和！馬上就要開演了！」

高嶋同學連忙絞住野田同學的脖子，阻止他往外衝。

公演在預定時間落幕之後，很快就會接著舉行銅管樂隊的演奏，所以我們不可能延後開幕時間。

「有沒有什麼方法可以把外面那些人的注意力轉移到公演這裡來？」

「利用大型投影布幕……怎麼樣？負責管理的人應該是廣播委員吧。」

在場所有人一致認同中村同學的提議。

那個大型畫面的確可以一次抓住群眾的眼光。

可是，只有高嶋同學一個人露出了為難的表情。

「關於那個，每個團體的宣傳時間都是已經決定好的，而且我們委員長對這一點做得特別徹底……」

「話劇社的各位，請準備上臺。」

文化祭實行委員過來叫人，所有人都倒抽了一口氣。

演員們當然不必說，擔任舞臺總監的和泉社長和幕後工作的領導岡部學長也都不能離開舞臺。所以現在還能自由行動的人就只有——

「總之我先去廣播室問問看！」當我邊說邊轉身的時候，廚同學也跟著跑了出去。

「雖然高嶋同學那樣說了，但我們還是只能拜託人家吧？」

「是啊……不然就是……」

我盡量用著不會發生危險的速度迅速通過走廊，同時發問，而廚同學先是點了點頭，之後卻有點含糊其詞。

「——廚同學？」

廚同學忽然停下腳步，我嚇了一跳，回頭看了過去。

他低著頭，眉毛看似有點遲疑地緊緊揪在一起。聽到我喊他，他才抬起頭回答「妳先過去」，隨後朝著另一個方向跑走，留我一個人在原地。

到底發生什麼事了？？？

雖然覺得不可思議，但現在已經沒有時間遲疑了。

「——吉住學長！」

確定門上的「播放中」燈號已經熄滅，我敲門之後等不及裡面的人回答，直接走了進去。和上次一樣坐在最裡面座位上的茶髮男生訝異地回頭看我。

「有件事想要拜託你！請問能不能讓我們借用中庭的大庭投影布幕宣傳話劇社呢？」

聽到我毫不拐彎抹角的要求，吉住學長先是眨了眨眼睛，然後搖頭回應。

「抱歉，每個班級和社團的宣傳時間都已經決定好了，不能特別偏心話劇社。」

果然跟高嶋同學說的一樣。

可是現在已經想不出其他好主意，救命繩索就只剩下這裡了。

「拜託你務必通融一下……要是今天話劇社拿不下人氣投票第一名，就會被廢社的。」

我拚了命地鞠躬拜託，吉住學長相當傷腦筋似地皺起眉頭。

「我知道妳們的苦衷，可是一旦開了先例，類似狀況就會沒完沒了啊……」

「無論如何都沒辦法嗎？只要是我能做到的事情，我都願意做。」

在我的緊迫盯人之下，學長叉起了手，思索一陣子之後朝我看來。

「這個嘛……如果妳能做些有趣的事，狀況就不一樣了。」

「有趣的事……？」

「因為那個投影布幕是為了讓文化祭更熱鬧才設置的。如果可以當成娛樂小短片而不是單純的宣傳影片，形式上比較名正言順，這樣我就可以幫忙了。」

娛樂……意思是叫我表演才藝嗎?!

我才沒有立刻就能上臺表演的才藝和靈感啦~!

就在我走投無路的時候，廚同學上氣不接下氣地衝進廣播室──而且手裡不知為何抱著吉他盒。

「怎麼樣？」

「學長說普通的宣傳不行，但如果是可以炒熱文化祭氣氛的有趣表演就可以……」

聽完我的說明，廚同學一邊調整呼吸，一邊像是早就知道似地點頭。

「只要能炒熱氣氛就行了吧?」他邊說邊把吉他盒放在地上，伸手打開盒扣。

啊……難道他願意上臺演奏？

好厲害好厲害，廚同學真是太帥了……我高昂的情緒只出現了沒多久。

看到吉他盒裡的東西，我完全說不出話來。

放在裡面的東西是有羽毛裝飾的中折帽、黑色繃帶和視覺系風格的衣服。這不就是……

「【✝剎那騎俐斗✝】驚喜現身，肯定會帶來 Big fever 的。」

廚同學單手蓋住右半邊臉，另一手扯開領口做出經典動作的同時，臉上也浮現出充滿邪氣的微笑。

廣播室的窗外，傳來了關谷學長的樂團在中庭演奏的聲音。

感覺完全是隨興演奏，不論歌曲或音樂都明顯地練習不足。

但畢竟是有名的曲子而且音量又大，聚集了非常多人。

「那就開始直播了喔。3、2、1，開始！」

攝影的準備工作結束，當我聽見吉住學長發出口號的瞬間，立刻用「能力」在投影布幕上空放出一發煙火。

雖然我一直盡力避免在人前使用「能力」，不過這點程度應該沒問題。

巨大的聲響和煙霧，讓學生們紛紛回頭看向投影布幕，想知道到底發生什麼事了。

這時《聖槍爆裂男孩》的前奏緊接著響起，【✝剎那騎俐斗✝】出現在布幕上。

喝！喝！喝！廚同學先做完他獨特的一連串神祕帥氣動作，隨後緊盯著畫面正前方。

『唷，皆神高中的小貓咪們，我是特別來賓【✝剎那騎俐斗✝】。』

喔喔喔！中庭響起陣陣驚呼聲。

看來有不少學生和校外人士知道【✝剎那騎俐斗✝】這號人物。

『今天我也來參加文化祭了。你們這些傢伙，玩得開心嗎——?!』

耶——！眾人報以熱烈的歡呼聲。

『我只有一件事情要告訴你們，現在馬上去體育館！那裡有個Amazing的活動正在等著你們……Adios！』

他豎起兩根手指，裝模作樣地在頭上揮了一下，隨後結束攝影。

陣陣喧鬧聲傳來，中庭的人潮開始朝著體育館移動了！

廚同學迅速取下帽子和繃帶，披上另一件外衣掩飾身上的服裝，對吉住學長說了一句「改天再來致謝」便衝出廣播室，我也急急忙忙地追了上去。

回到體育館，第一幕剛好結束。

廚同學再次在角落換上【✝刹那騎俐斗✝】的服裝，衝進舞臺後方的休息室。

「——咦？【✝刹那騎俐斗✝】?!」

「音效播放交給我！除了瑞姬以外，誰都不准進來！」

社員們通通瞪大了眼睛，但廚同學只丟下這句話，便進入了音響室。

「請照他說的話做。」

聽到我這麼一說，其他人雖然驚訝，但還是點了點頭，繼續開始忙碌起來。

就算正在轉場期間，也同樣沒有時間休息。

當社員們在降下的布幕後方七手八腳地準備大型布景和小道具時，觀眾依然絡繹不絕地湧進體育館。

就連不知道【✝刹那騎俐斗✝】的人，似乎也跟著人潮聚集過來了。

「欸，剛剛投影布幕上那個人是誰？」

「不知道，不過看起來很有意思。」

「這裡有什麼活動嗎？」

「好像是話劇社要演出什麼東西吧？」

伴隨著四處傳來的私語聲，體育館的座位全部坐滿。這時，廚同學在音響室的麥克風前開口說起話來。

『Hey, baby！先告訴你們第一幕的大綱——被低調生活在森林深處的神祕特種部隊【七個小矮人】鍛鍊出一身特殊技巧的白雪公主，有一天得知和她互相宣誓愛情的王子被魔女抓走，於是決定出發拯救王子。路上，她遇見了擁有【覆灰者】這個代號的黑社會滅證專家灰姑娘，她的王子也被魔女給抓走，正準備前往救援。兩人即將走進邪惡魔女的城堡所在的森林之中——』

輕快說完第一幕大綱之後，廚同學提高了音量。

『現在即將開演第二幕。這是獻給你們的、最Fabulous而且最Fantastic的靈魂舞臺！IT'S SHOW TIME☆』

彈指聲清脆響起，布幕就在會場的震天歡呼聲中緩緩升了起來。

當燈光打在舞臺上的白雪公主·高嶋同學和灰姑娘·中村同學身上時，臺下出現的「喔喔喔」驚呼聲比先前【✝刹那騎俐斗✝】出現在投影布幕上時更大聲。

「咦咦？那是高嶋同學？超可愛的！」

「那個穿藍色洋裝的人是誰？我們學校有這種美女嗎?!」

「中村同學？真的嗎?!」

「……慘了，快愛上他了……」

「為什麼你每次都要擺出那種高姿態？——哎，算了，我們快點前進吧。」

「啊啊……等等，這個氣息是……！」

高嶋同學和中村同學回頭張望，扮成巨大魔物的岡部學長隨即從樹蔭當中出現。

兩人立刻擺好架式，但魔物卻忽然轟隆倒地。

「那傢伙，已經死了。」

從已然氣絕的魔物後方走出來的人，是緊握著拳頭的姆指公主．野田同學。

看到這個可愛又強悍的公主登場，臺下立刻響起夾雜著驚呼與嘆息的歡呼聲。

「難道，這隻魔物是你一個人……？」

「閣下貴姓大名？」

面對大吃一驚的白雪公主和灰姑娘，嬌小的美少女擺出了宛如北斗神拳繼承人的動作，說出自己的名字。

「我是拇指姑娘。所有擋路的傢伙只要用我一根姆指，就能打趴。」

館內立刻爆出一陣鬨笑。

成功了成功了！感覺真不錯！

之後，完全化身為角色的三位公主徹底解放中二病，展現完美演技，讓場內歡呼連連。九十九同學的馬也確實搞笑，博得滿堂笑聲。

幕後人員也在匆忙更換場布的同時維持著注意力，公演朝著最後高潮發展，全場變得越來越火熱——

第三幕，眾人終於和魔女正面對峙，然而這時卻發現三位公主前來解救的王子，竟然是同一個人。

原來王子是個腳踏三條船、渣到不能再渣的渣男王子——

面對衝擊性的事實，至今一直同心協力來到此處的三人，友情立刻出現了裂痕。

看著明顯動搖的三人，魔女放聲大笑——在這齣戲最大的亮點登場時，發生了意外。

「喔呵呵呵！真是太好笑了。以為贏了我就在那裡得意忘形的妳們，也不過就是悲慘的喪家之犬而已！難過嗎？痛苦嗎？懊惱嗎？我現在就讓妳們再也感受不到那些感情！」

就在美咲用逼真的演技說完這段臺詞時。

啪……舞臺上的燈光應聲消失，整間體育館陷入黑暗。

……咦……？

劇本上沒說這裡會變暗啊？

怎麼回事？

「難道是……停電？」

黑暗當中，我聽見身旁廚同學的低語，感覺全身都涼了起來。

怎麼會，好不容易才炒熱氣氛到現在的……！

我著急地想用『能力』點亮燈光，可是還差一點點才能使用。

因為剛剛才放了一發煙火……

雖然和使用的力量大小也有關係，不過我的異能只要用過一次，基本上是無法連續施展的，會有「還差一點」的感覺。

要是讓這不自然的空檔繼續持續，好不容易熱鬧起來的現場氣氛就會冷場了……！就在我緊咬住嘴唇的時候。

「這是、黑暗之力……！」

野田同學痛苦的聲音，響徹整間體育館。

「難道她想利用負面之力，用黑暗感染全世界，連同我們的心一起吞沒嗎……！」

接著說話的高嶋同學也同樣入戲，在痛苦的喘息當中依然發出清亮的聲音。

「怎麼會有這麼強大的力量……住、住手！不要破壞我的心……！」

中村同學的喊叫也同樣產生了緊張感，那哀痛的聲音，讓人有種揪住胸口的感覺。

「唔……別認輸啊，各位！就算被心愛之人背叛，就算得不到任何回報，我們的思念都是貨真價實，愛上一個人的心情絕對不會白費。這就是我所深信的！」

野田同學強而有力的聲音，劃破了黑暗。

「光之力啊，擊退黑暗吧！——看我的、閃光雷擊——！」

就是現在！

我感覺到『力量』再次充滿，配合野田同學的吼叫，讓燈光再次復明。

炫目的光芒包圍眼前所有的一切，視野染成一片純白。

「……………嗚啊！」

趁大家的視力開始恢復的時候，美咲臨機應變，直接倒地不起。

哇啊啊啊啊啊啊！會場響起如雷的歡呼和掌聲。

呼……總算讓所有狀況看起來都像演出效果，順利掩飾過去了。

我立刻跑到電源控制室，總開關果然不出所料地跳掉了。我把開關扳回原處，才真正地鬆了一口氣。

後來，劈腿王子被三位公主毒打了一頓，白雪公主表示「果然逆向後宮才是時代潮流！七個小矮人正在等著我」，決定回去森林；灰姑娘表示「孤獨與肅清是我的灰色宿命……」回歸黑社會滅證專家的工作；拇指姑娘則說「在我胸中熊熊燃燒的火焰永遠不會消失！」隨後踏上了武者修行之旅。

最強的公主們之後也多次重逢，一同踏上旅程，看似從危機當中拯救了世界好幾次，又好像沒有拯救——

『OK，接下來是演員介紹！魔女．下川Under River美咲，王子．齋藤Holy Wisteria由依，王子的馬．九十九Ninety Nine零。主角！白雪公主．高嶋High Island智樹，灰姑娘．中村Inside Village和博，拇指姑娘．野田Filed Rice Filed大和。然後是幕後人員！劇本、演出、舞臺總監．和泉Japanese Spring杏夏，舞臺美術．岡部Hill Part隆，助理．聖Saint瑞姬、廚Kitchen二葉。And旁白【✝剎那騎俐斗✝】！THANK YOU！』

謝幕時的拍手喝采久久不歇，公演順利迎來了最後的大結局。

「想不到廚同學竟然真的是【✝剎那騎俐斗✝】……」

聽著音響室外如颱風般持續不斷的掌聲，我還是有點難以置信地這麼說。聞言，廚同學哼了一聲，露出傲慢的微笑。

「我這Rock又Avant-garde的本性，一般大眾都無法理解……所以我才選擇只在網路上解放。」

【✝刹那騎俐斗✝】是本性嗎?!這句話真的把我嚇到了！

「網路的……尤其是時代先驅nico動畫的粉絲們，就能了解我有多酷。當然總是會有一些Anti粉絲會冒出來，但是只有在nico動畫，才能完美展現我噴湧而出的靈魂。」

而且那影片不是搞笑，而是真正用心的表演嗎？【✝刹那騎俐斗✝】……我聽見那個超級現充廚同學的形象，傳來喀啦喀啦的崩落聲……

「其實我也很愛動畫、漫畫、遊戲、輕小說、特攝、VOCALOID和偶像，全部都喜歡。」

事到如今，廚同學又繼續發表了全方面的御宅族宣言！

「只要有網路，我就可以窩在家裡好幾天。將來最大的夢想是成為音樂人，不過如果無法實現的話，我想成為尼特族。」

不要啊──我跟不上這狂風暴雨似的自白！拜託速度放慢一點──！

「可是，御宅族都會被人看不起不是嗎？為了不被發現，我在日常生活當中一直極力隱瞞……但野田他們卻是這麼自由開放，每次看到，都會讓我火冒三丈。」

廚同學用力握緊了拳頭。

「從御宅族進一步惡化成中二病，明知道會被人取笑，卻還是堅持貫徹他們的風格——太奸詐了吧？為什麼能這麼輕易地辦到這種事啊。」

……原來如此，廚同學惡劣的態度不是出自於厭惡，而是嫉妒和羨慕啊。

「而且……每次他們做出中二病舉動的時候，其他人的心聲就會在我腦中不斷迴盪。好丟臉、好難為情、好噁心……感覺我所熱愛的事物跟著被人嘲笑，心裡實在很難受。總是忍不住想著『拜託不要再拿出來丟人現眼』。」

「…………」

我想起了之前光是被人看到他跟著VOCALOID的歌曲打拍子，他就露出了十分尷尬的模樣。

「……情願做到這種程度也要假裝成一般人，但你這次卻為了話劇社這麼努力。明明有可能被人發現真面目啊？」

聽了我的話，廚同學原本痛苦扭曲的眼睛忽然變得柔和起來。

只是才變沒多久，他秀氣的臉上慢慢出現了充滿邪氣的笑容。

「沒什麼，只是剛好有個不錯的 Trigger 而已。」

Trigger……是指誘因吧。他想說什麼？

「——我觀察他們之後發現一件事。因為害怕被人發現所以活動都要偷偷摸摸，這樣一點都不 Rock。再說，為什麼本大爺必須去在意那些無關緊要的人的評價和壞話？」

廚同學的眼中閃動著明亮強大的光芒。

「不管周遭的人怎麼說，我和我 Respect 的所有事物價值，都不會因此出現絲毫損傷。我只要依照我的感覺，全心投入在讓我身心皆醉的事情上就好——我只是想說這個。」

『今年的文化季，大家也一如往常地完成許多令人讚賞的舞臺和展示區，實在太讓人感動了。每年這個時候都能看到皆神高中學生的真正實力，讓我心想「高中生竟然可以做到這種地步」，被這股力量折服。然而今年的水準更是特別高，我們現在在此公布，其中特別具有服務精神而且聚集最多人氣的展示活動。』

閉幕典禮上，人氣投票結果即將公布。

話劇社和英雄社的各位全部吞著口水，豎起耳朵。

『第三名，2年A班「LET'T DANCE！」。……第二名，1年F班「咒怨病棟」。』

被點名的班級接連發出歡呼聲。

審判之刻終於到來。如果沒有拿下第一名，話劇社就必須廢社。

沒問題的，沒問題。我們做了那麼多練習，最後也獲得了那麼多掌聲。

我拚命地這樣告訴自己，心臟怦怦跳個不停，感覺快要爆開了。

滿臉不安的美咲緊緊握住了我的手，所以我也懷著祈禱用力握了回去。

校長開口念出結果之前的這段時間，就像一輩子一樣漫長。

神明啊，求求祢……拜託……！

『最後，第一名是——話劇社「公主狂想曲～逆轉異色童話」！』

校長說完這句話的瞬間，我全身上下的雞皮疙瘩通通爬了起來，腦袋一片空白。

「太好了——！」

「唔喔喔喔喔喔！」

「第一名——！」

英雄社成員們的臉全部皺成一團，大吼大叫地抱在一起。

社長、副社長和美咲都哭了，連我的眼頭也忍不住熱了起來。

「龍翔院哭得超慘！」

「……不是的，這是……我的魔力偶爾會化為結晶體流出來……是生理現象！」

『恭喜你們。』

「謝謝您。」

社長代表上臺接受表揚，我用盡全力送上掌聲，拍到手都痛了。

「真是太好了……停電的時候我還在擔心該怎麼辦，想不到竟然在奇蹟似的最佳時機恢復供電了。」

美咲一邊擦眼淚一邊對我這麼說，我點頭回應「就是說啊」。

「不過話說回來，【✝剎那騎俐斗✝】為什麼會來幫我們的忙？」

「呃——這個嘛……」

廚同學好像打算未來不再隱藏本性，但他希望自己就是【✝剎那騎俐斗✝】這件事可以保密。

理由是「巨星的真面目還是保持神祕比較好」。

……但我覺得如果平常就表現出那種態度的話，應該很快就會被揭穿吧。

「他是我的好友，今天剛好過來玩。只是他是個大忙人，已經像陣風一樣回去了。」

我支支吾吾不知如何回答的時候，廚同學從旁插嘴進來，幫忙掩飾。

然而好景不常……

「到底是多麼Gorgeous又Surprising的人啊，【✝刹那騎俐斗✝】那傢伙——」

他一邊這麼說，一邊眺望著遠方，伸手撥了撥頭髮。

已經完全陷入自己的世界裡了。

「……欸，不覺得廚同學的感覺變了嗎？」

美咲皺著眉頭對我竊竊私語。

「雖然覺得不可能，難不成【✝刹那騎俐斗✝】的真實身分是……」

你看你看，馬上就被懷疑了。

雖然在那個情況下除了他以外不做他想，但是當事人想要隱瞞，我也只能照做。

「抱歉，我什麼都不能說。」我只回了這麼一句話。

太陽已經徹底隱沒，中庭正中央點起了巨大的營火，正不斷爆著火星熊熊燃燒。

在歌曲《今朝再見》的樂聲中，看著我們為了這場文化祭製作的所有物品——包含話劇社的戲服和背景——漸漸消失在火焰裡，我再次感到一陣鼻酸，眼前也因為淚水變得模糊起來。

「別哭了，粉紅戰士。」

隨著這個溫和的聲音，一條白色手巾遞到我的面前。

「就算全部燒掉了，真正重要的事物還是留下來了啊。」

野田同學一臉平靜，咚地一聲捶了自己的胸口。

「嗯……」我如此回答，正準備擦去再次湧出的淚水時，忽然發現一件事。

「——等等，野田同學，這是抹布！」

「早上找不到手帕，所以就拿這個代替了。是全新的，不必擔心。」

就算是這樣也不行啊——！

「黑戰士，你也不要再哭了。」

「嗚嗚……我才、沒有哭。這是……詛咒。妖魔試圖把我體內的水分通通榨乾……！」

平常總是表現得很冷酷的他，整張臉都被淚水搞得亂七八糟。

中村同學其實是個淚腺脆弱的人啊……

「哈——哈哈哈哈！燒吧燒吧，通通燒光吧……！」

那個掌心向上、雙手向前，興奮地大吼大叫的人是九十九同學。他看起來很開心，真是太好了，只是我一點都不想靠近他。

「啊，聖——妳有看到小空良嗎？」

高嶋同學一邊東張西望，一邊往我這裡走來。怎麼可能看見啊！

「真是的，馬上就要開始跳土風舞了說……」

高嶋同學正在嘆氣時，廚同學冷不防地對他說了一句。

「——我覺得『AI Live！』的全明星麥姆麥姆真的是神動畫。」

「?!」

高嶋同學先是驚訝地瞪大眼睛，隨後整張臉都綻放出光采。

「就是說啊！大家都超可愛的！裡面滿滿都是經典場面，而且搭配的臺詞也是萬中選一……」

「啊啊，而且對拍也做得超自然，Excellent。我第一次聽的時候就反覆播了一小時。」

「什麼嘛，原來廚也是AI Liver？你推誰？」

「硬要選的話，我會選『妮可親』。不過比起萌角，我更Respect整部作品本身，那樣High Sense的內容可是很少見的。」

「你很懂嘛，廚！」

那個不論做什麼都興趣缺缺的廚同學，竟然和人聊得這麼起勁……

野田同學臉上露出笑容。

「妳看，那傢伙也是同伴對吧？」

是小人我有眼無珠啊！

終於可以用真面目示人，真是太好了……我一邊這麼想，一邊望著他們開心聊天的樣子。

就在這時。

幾個女生小跑步地來到廚同學身邊，下定決心似地叫住了他。

「「「那個，廚同學，請跟我一起跳土風舞——」」」

「哼，為了在這個文化性的狂歡祭典留下 Memorial，所以想跟我一起 Dancing Fire 嗎？小貓咪。」

「「「…………還是不要好了。」」」

「不必害羞喔？我今天的心情很好……就送妳們一段 Special 又 Precious 的時光當成 Present 吧。」

「「「真的不用了。」」」

看著擺出神祕帥氣動作的廚同學，女生們的臉開始抽搐，逃跑似地迅速遠離。

…………這樣真的好嗎？

我正感到全身脫力的時候，耳邊突然傳來輕快的音樂。是《水舞麥姆麥姆》。

「聖同學，反正現在也沒事做——」

「好，我們一起跳吧，瑞姬。」

「二葉！你又……！」

廚同學忽然執起我的手，原本打算說些什麼的九十九同學咬牙切齒地瞪著他。

「瑞姬，話劇真是太棒了，辛苦啦。」

「謝謝，菜菜子妳也辛苦了！聽說咖啡廳也大受好評呢。」

臉上帶著溫和笑容的菜菜子拉起我的另一隻手，我也跟著露出微笑。

美咲和話劇社的其他社員也紛紛加入圓圈，開始跳舞。

「啊，小空良，總算找到妳了！咦？兩個人一起偷溜？真是拿妳沒辦法啊……」

高嶋同學邊說邊離開跳舞的行列。他是若無其事地避開了和女生牽手這件事嗎？

「連天際都為之焦黑的篝火，蘊含著各種思緒的祭品，加上人數如此驚人的祈禱之舞……呵呵，到底會召喚出什麼東西呢？我很期待……」中村同學已經恢

復成平常的樣子（不過眼睛很紅），帶著不懷好意的微笑喃喃自語。

「閃光雷擊——！」

「叫、叫什麼叫啊，野田?!」

野田同學突然在身邊放聲大叫，讓九十九同學整個人嚇得跳了起來。

「這是好不容易才成功使出來的新技巧啊！為了不要忘記那個感覺，必須複習。——閃光雷擊——！」

「Shut up！你去別地方喊啦，Stupid Boy！」

歡樂的喧鬧聲響徹雲霄，天頂閃爍著點點星光。

我在營火周圍踩著永無止境的舞步……唯獨今晚，我覺得這首曲子就算永遠不停止也沒關係。

那時，還沒有任何人注意到，有個黑影正在怒視著我們……

後記

大家好，我是藤並みなと。第一集原稿剛寫完之後沒幾天，我接到一通來自責任編輯的衝擊性電話。「今天我和負責插畫的穗嶋老師開會討論了一下……據說《廚病》其實還有一個隱藏角色的樣子。」——什什什什麼?!「就是在第二首中途出現的那個綠色頭髮的男生。」——是他！我一直以為他是不同服裝版本的高嶋啊，怎麼辦——！不過隱藏角色什麼的，真的很棒……

如此這般，第二集出現了連作者自己都驚訝的新角色（笑）。根據第二首歌詞還有穗嶋老師送來的角色單人畫像，可以知道他是個帥哥而且和九十九感情極差，於是開始發展妄想，最後變成了這樣的角色，希望各位能喜歡。

本書最主要的活動是文化祭。我個人最無法忘懷的是大學時代的文化祭。根據當時我參加的落語研究會傳統，我們在文化祭這四天做了一個瘋狂之舉，那就是每天都從早上十點到晚上六點持續舉行落語會（據說這個傳統現在依然存在）。

另外，我是學校宿舍的住宿生，那裡還會舉辦「宿舍祭」，也就是宿舍的文化祭。當時還把那些個性古靈精怪的男住宿生們當成主題，做了一個專輯影片進行發表。那些答應參與演出的住宿生當中，包含了熱愛特攝英雄於是拿紙箱做成自己專用的變身裝備，每天晚上都在練習招式動作的男生，還有明明長得超美型卻堅定表示自己只對二次元感興趣的男生。如今回想起來，他們根本就是真人野田和高嶋呢……

れるりり老師，我能跟您一起合作，真的甚感光榮。非常感謝您願意讓我自由創作！至於其他幾位，請原諒我在此一同道謝。幫忙繪製所有朝氣勃勃又充滿魅力的角色的穗嶋老師，畫出可愛到不行的Q版角色的こじみるく老師，和我一起愉快地創造新故事的安井編輯，品味卓然出眾的設計公司伸童舍，れるりり老師所屬事務所的各位，校正，業務，書店店員，編輯部的各位……所有相關人士，在此致上由衷的謝意。也謝謝我所有的家人、朋友和親戚。

所有寫信和傳送訊息給我的讀者們，你們充滿溫情的言語曾經讓我感動落涙。謝謝你們給予我這麼多的能量！
最後，在此向正在閱讀本書的你，獻上最高等級的感謝。
希望將來還有機會再相見……☆

藤並みなと

れるりりさんコメント
COMMENT FROM れるりり

『厨病激発ボーイ』の2巻、お買い上げありがとうございます。

感謝您購買《廚病激發男孩》第二集。

皆さん、相変わらず厨2こじらせちゃってますか!?

各位，中二病是否依舊越來越惡化了呢？

ちなみに僕はこのまえ道端を歩いていたら学校帰りの男子小学生たちがふざけあってて、その中の男子がひとり必殺技を出そうとした時に「エージェンシー!エージェンシー!」と叫ん

順帶一提，前陣子我走在路上跟一群放學回家的國小男生互相打鬧，其中有個男生準備發出必殺技時，連續喊了好幾聲「Agency－！Agency－！」。

でいました。きっと「エマージェンシー（緊急事態）」と言い

我猜他想說的應該是「Emergency（緊急狀況）」吧。

たかったんだろう。少年よ。「エージェンシー」だと「代理

少年啊，「Agency」會變成

店」ていう意味になっちゃうよ。

「代理店」的意思哦。

それではみなさん、『厨病激発ボーイ』の小説がこれか

那麼各位，希望大家能一同聲援，讓《廚病激發 BOY》的

らもずっと続くようにたくさん応援お願いします！

小說將來能夠一直出下去！

れるりり

高寶書版集團
gobooks.com.tw

LN002

廚病激發BOY 02
厨病激発ボーイ2

原　　案　れるりり(Kitty creators)
作　　者　藤並みなと
繪　　者　穂嶋(Kitty creators)
譯　　者　江宓蓁
編　　輯　林雨欣
美術編輯　林鈞儀
排　　版　彭立瑋
企　　劃　李欣霓

發 行 人　朱凱蕾
出　　版　英屬維京群島商高寶國際有限公司臺灣分公司
　　　　　Global Group Holdings, Ltd.
地　　址　臺北市內湖區洲子街88號3樓
網　　址　www.gobooks.com.tw
電　　話　(02) 27992788
電　　郵　readers@gobooks.com.tw（讀者服務部）
　　　　　pr@gobooks.com.tw（公關諮詢部）
傳　　真　出版部　(02) 27990909　行銷部 (02) 27993088
郵政劃撥　50404557
戶　　名　三日月書版股份有限公司
發　　行　三日月書版股份有限公司/Printed in Taiwan
初版日期　2021年2月

國家圖書館出版品預行編目(CIP)資料

廚病激發BOY 02/藤並みなと著；江宓蓁譯.--
初版. -- 臺北市：高寶國際, 2021.02-
冊；　公分. --

ISBN 978-986-361-961-1(第2冊：平裝)

861.57　　　　　109018900

三日月書版

三日月書版